Aug. 2013

Anja Ache-
Vanl

Ugo Riccarelli

Die Residenz des Doktor Rattazzi

Roman

Aus dem Italienischen
von Annette Kopetzki

Paul Zsolnay Verlag

Die Originalausgabe erschien erstmals 2009
unter dem Titel *Comallamore* bei
Arnoldo Mondadori Editore S.p.A. in Mailand.

1 2 3 4 5 17 16 15 14 13

ISBN 978-3-552-05599-5

Textnachweis: Die Verse auf S. 44 und 49 aus
Homers *Odyssee* wurden nach der Übersetzung von
Johann Heinrich Voß zitiert.
Satz: Eva Kaltenbrunner-Dorfinger, Wien
Druck und Bindung: CPI – Ebner & Spiegel, Ulm
Printed in Germany

FSC
www.fsc.org
MIX
Papier aus verantwortungsvollen Quellen
FSC® C006701

Für Roberta,
in Liebe

»Wir leben in einer Zeit des künstlichen Nachmachens, der Verwandlung jeder Geistigkeit in Betrieb und Institution, des bloßen Willens zu einer Existenzart und des Machens aus Einsicht, des schauspielerhaften Erlebens, in einer Zeit von Menschen, die, was sie sind, zugleich wissen, ja von Menschen mit gewollter Schlichtheit und nachgemachter dionysischer Erfahrung und gestaltender Disziplin, deren beider sie sich zugleich befriedigt bewusst werden. Ist in solchen Zeiten vielleicht das Schizophrene Bedingung einer Echtheit ...«

Karl Jaspers

»Jetzt bitten Sie mich, zu erzählen.«

Lange betrachtete der alte Mann die Frau, die vor ihm saß. Ihre Gesichter waren nicht mehr als zwei Meter voneinander entfernt, ein kleiner Zwischenraum aus leerer Luft, wie es schien. Hätte jemand von außen in dieses Zimmer gespäht, er hätte tatsächlich nur eine Frau und einen alten Mann gesehen, die auf zwei bequemen Sesseln einander gegenübersaßen.

Die Frau lächelte, um das Schweigen zu brechen, das peinlich zu werden begann.

Der Alte fixierte einen Punkt an der Wand. Seine auf den Armlehnen des Sessels ruhenden Unterarme zitterten leicht.

Mit dem Verklingen der letzten Worte, die eben durch das Zimmer gegangen waren, schien zwischen ihnen die Zeit stehengeblieben zu sein. Die einzigen Worte, die seit der Begrüßung gesprochen worden waren. Über dem Echo dieser Stille erhob sich der Alte, schleppte langsam hinkend seine Beine und seine Jahre zum Fenster und stützte sich auf das Fensterbrett. Vor dem Haus belebte ein Wochenmarkt die Piazza. Wie auf einer Theaterbühne schienen die Menschen sich nach festgelegten Abläufen zu bewegen. Sie begegneten einander, blieben stehen, wechselten ein paar Worte oder betasteten die Ware, und ein insektengleiches Summen ging von ihnen aus.

Aus den Bäumen, die diesen alten freien Platz zwischen den Häusern umgaben, flog plötzlich, als würde er einem

Befehl gehorchen, ein Starenschwarm auf, der sich sehr schnell bewegte und wie ein einziger Körper fortwährend die Richtung wechselte.

Die Blicke des Alten folgten diesen akrobatischen Figuren, sie folgten ihnen so, wie man die Reihe der Wörter auf einer Buchseite verfolgt. Dieser bewegliche Klumpen dunkler Punkte öffnete für ihn ein Buch, in das er vor vielen Jahren etwas geschrieben hatte, was er nicht vergessen konnte und jetzt einer unbekannten Journalistin erzählen sollte.

Im Geist des Alten verließ die schwarze Wolke der Stare die Piazza, durchquerte die Zeit und vollführte ihre Voluten nun im Hof der Irrenanstalt, über und in Foscos Kopf. Immer wenn dieses hektische schwarze Gebilde am Himmel der Verrückten erschienen war, hatte die Raserei der Vögel auf Fosco übergegriffen, als gehörte er selbst zu dem dunklen Schwarm. Dann schoss er los wie die Vögel und rannte über den Hof, ausgebreitete Arme waren seine Flügel, ausgebreitete Arme schwirrten in der Luft, ein verwirrtes, seliges Fliegen. Beniamino beobachtete ihn, er folgte diesen Bewegungen wie ein kleiner Junge, der mit offenem Mund den Übungen eines Zirkusakrobaten zuschaut, verwundert über die Schnelligkeit, mit der Fosco die Richtung wechselte, über die Kraft, die der Junge entfaltete, wirklich ein freier Vogel im Gefängnis des Irrenhauses.

Wenn Beniamino diesem Flug zusah, vergaß er für eine Weile seine Arbeit und ließ sich von der Energie begeistern, die diese frenetischen Bewegungen im Meer der Verzweiflung des Anstaltshofes erzeugten. Er staunte, wie dieser Junge, in den der Wahnsinn gefahren war, vom Flug eines Vogelschwarms mitgerissen ein paar Minuten lang in der größten Glückseligkeit ertrinken konnte. Dann vollführte der schwarze Fleck seine letzte Spirale, wechselte die Richtung und verschwand wie der Regen eines Sommergewitters: danach war Stille, und nur der keuchende Atem Foscos war zu hören.

Während der ganzen Zeit, die er mit Fosco zusammengewesen war, hatte dieses Ritual sich immer wieder auf die gleiche, vollkommene Weise wiederholt, ein wilder Tanz, der schlagartig abbrach, worauf der Junge in den Himmel starrte und, reglos mitten in seinem Gefängnis stehend, noch einmal Kontakt mit dem verschwindenden Glück suchte.

Nur ein einziges Mal, es war das letzte Mal, dass sie sich sahen, war Fosco nicht wie angewurzelt stehengeblieben, um der Spur des Vogelflugs am Himmel zu folgen, sondern hatte sich zu Beniamino umgedreht, ihn lächelnd angesehen und ihm, bevor er für immer in Richtung Wald verschwand, wie eine Litanei ein einziges, unendlich oft wiederholtes Wort zugerufen.

Das Irrenhaus hatte hohe, vergitterte Fenster. Es war ein Gebäude aus dunklen Ziegelsteinen, vor dem die Stadt sich mit einer Mauer schützte, die ihren anständigen Bürgern den abstoßenden Anblick von Gespenstern aus Fleisch und Blut, von Zwangsjacken und verzerrten Gesichtern mit verschrobenen Gedanken ersparte.

Nur auf einer Seite des Innenhofes, an der Stelle, wo er an ein kleines, zweistöckiges Haus grenzte, gab es eine Lücke in der Mauer, wie durch ein Versehen oder eine plötzliche Lustlosigkeit der Erbauer, die hier auf wenigen Metern statt der Ziegelsteine die gänzlich unbedeutende Barriere eines Maschendrahtzaunes hinterlassen hatten.

Durch diese Öffnung betrachtete Beniamino die Irren, den Verboten seiner Mutter und dem lauten Schimpfen seiner Großmutter zum Trotz. Er klammerte sich an die eisernen Maschen, um die Kranken bei ihrem Rundgang zu beobachten, um gebrummte Reden zu belauschen, um bei jähen Schreien oder unerwarteten Bewegungen zusammenzuzucken.

Er blieb auch dann staunend stehen, wenn einer von ihnen, wie von einer unhörbaren Stimme gerufen, das unablässige Kreisen oder das auf einer Bank gehaltene Schläfchen unterbrach, seine Trägheit abschüttelte und auf den Rosenbusch zuging, der ein Stück jener metallenen Umzäunung bedeckte.

Einer nach dem anderen begannen die Irren dann wie eine toll gewordene Herde die Blütenblätter von diesem bunten Wasserfall abzureißen, und sie aßen sie behutsam und freudig, mit der gleichen Andacht, mit der ein gläubiger Mensch die am Altar geweihte Hostie empfangen hätte. Die Irren lächelten, von einer unbegreiflichen Heiterkeit ergriffen, kauten sie die bunten Blumen, und einen Augenblick lang erschienen sie wie glückliche Gespenster.

Beniamino starrte sie hingerissen an. Er achtete nicht auf die Rufe seiner Großmutter, verharrte reglos und sah diesen Geistern dabei zu, wie sie Rosen aßen.

Liebend gerne wäre er über das Gitter gestiegen, um diesen seltsamen Zustand, der sie beherrschte, selbst zu erfahren.

Er hätte sie gerne nachgeahmt.

Die Idee mit der Irrenanstalt hatte seine Großmutter Aida gehabt. Beniaminos Vater war seit wenigen Tagen tot, sekundenschnell dahingerafft, als sein Herz sich heftig in der Brust verkrampft hatte, so dass ihm nur noch Zeit geblieben war, sich wieder auf den Stuhl zu setzen, von dem er sich nach dem Mittagessen soeben erhoben hatte.

»Vergiss nicht, die Kaninchen zu füttern«, hatte er zu seiner Frau gesagt, wie er es immer tat, bevor er auf den Markt ging, wo er sich, in Ausübung des Berufes, den er von seinem Großvater gelernt hatte, mit dem Verkauf von Wolle und Textilien abmühte.

Er hatte diese Ermahnung ausgesprochen und dann die Lippen zusammengepresst, als hätte er ein Glas sauren Weines getrunken. Darauf hatte er den Mund zu einem Grinsen verzogen, das Elemira, seiner Frau, wie ein vages Lächeln vorgekommen war, und schließlich war ihm das Kinn auf die Brust gerutscht, als überließe er sich einem Verdauungsschläfchen.

Tatsächlich hatte Elemira, zumal sie mit dem Abräumen des Geschirrs beschäftigt war, zunächst nicht entscheiden können, ob es sich um eine harmlose häusliche Ruhe handelte, die diesen eingeschlummerten Riesen wie ein Kind aussehen ließ, oder ob die Stille und Unbeweglichkeit doch zu plötzlich eingetreten waren. Also hatte sie, da sie sich zu dem Zeitpunkt noch keine Sorgen machte, ihren Mann daran erinnert, dass sie schon auf andere Geschöpfe, die beiden Kinder nämlich, aufpassen müsse und auf ihre Mutter, die zusehends älter werde, und dass sie einen Haushalt zu führen habe, darum brauche er sie nicht auch noch daran zu erinnern, wie dringend sie sich um die Kaninchen in ihren engen Käfigen unter dem Vordach kümmern müsse. Gewiss, das Gras musste erneuert und der Boden der Kaninchenställe vom Unrat gereinigt werden, sonst wäre ein weit stärkerer Gestank ins Schlafzimmer aufgestiegen als jener der Verrückten, die hinter der Gartenmauer herumlungerten.

Und während Elemira ärgerlich ihre häuslichen Pflichten wie eine Litanei herunterbetete, hatte sie, die schmutzigen Teller in der Hand, bei ihrem Hin und Her zwischen Tisch und Spüle den Blick nicht vom dem gesenkten Kopf ihres Mannes abgewandt. Da sie jedoch nicht einmal eine Andeutung jenes Schnarchens vernahm, das bei Ignazio unfehlbar bewies, dass er eingeschlafen war, hatte sich ihr leiser Verdacht verstärkt, um dann so dringend zu werden, dass sie gezwungen war, alles stehen- und liegenzulassen. Sie war zu ihm geeilt und hatte seinen Namen in dem gleichen hohen, flehenden Ton gerufen, der aus ihrer Kehle gekommen war, als sie mit Ignazio zum erstenmal die Liebe erlebt hatte.

So hatte Ignazio sein Leben beendet, hingestreckt auf einem Stuhl an dem Tisch, an dem er sein letztes Mittagessen zu sich genommen hatte, wortkarg und fröhlich, wie er immer gewesen war in all den Jahren, in denen er mit seiner Frau, mit Beniamino, Mara und dieser Nervensäge Aida, seiner verwitweten Schwiegermutter, in diesem Haus gelebt hatte.

Die Familie, von Elemiras Schreien herbeigerufen, konnte nicht mehr tun als festzustellen, dass er ohne einen

Abschiedsgruß gegangen war, ohne einen Zettel mit Hinweisen, einen letzten Rat, wie die Geschäfte zu führen waren, oder irgendeiner anderen Ermahnung, die mehr gewesen wäre als dieser kurze, nutzlose Satz über das Füttern der Kaninchen.

Dieser Mangel an Aufmerksamkeit wurde von allen als eine Art Verrat aufgefasst, unfreiwillig natürlich, doch nichtsdestoweniger ärgerlich. Vor allem Beniamino fühlte sich betrogen, weil er schon jetzt, in seinem jugendlichen Alter, allein das Gewicht all dessen würde tragen müssen, was er im Leben durchaus auf sich zu nehmen bereit war, aber doch nicht so plötzlich und ohne jede Hilfe, da seine Mutter sich in eine einsame, von Schluchzern geschüttelte Verzweiflung zurückgezogen hatte. Seine Schwester Mara war ein kaum dem Backfischalter entwachsenes Mädchen und hatte nur Flausen im Kopf, lauter Hirngespinste, aber keinen Sinn fürs Praktische, während die alte Aida, statt eine Hilfe zu sein, eher selbst Unterstützung brauchte, weil sie Namen und Dinge vergaß, so sehr hatte sie sich schon in den Nebeln des Alters verirrt.

Darum zog Beniamino sich zurück, nachdem Ignazio auf dem Friedhof in die Grube gesenkt worden war und Verwandte, Freunde und Bekannte ihr Beileid bekundet, Worte und Umarmungen, Lächeln und Versprechen ausgeteilt hatten. Er wollte allein darüber nachdenken, was er tun konnte, um für sein eigenes Leben und seine Familie zu sorgen, die ihm beide wie Boote ohne Ruder auf einem windstillen Meer erschienen.

Mindestens ein paar Tage lang versuchte er, etwas von den Geschäften seines Vaters zu verstehen, indem er die Aufzeichnungen und Bilanzen las, die Ignazio in Heftchen mit schwarzem Umschlag einzutragen pflegte. Die Seiten waren dicht mit einer winzigen Schrift bedeckt, unlesbar wie Hieroglyphen. Beniamino ging in den kleinen Schuppen neben dem Kaninchenstall, wo sein Vater den Karren, den Verkaufstisch und die Ware für die Märkte aufbewahrte, und versuchte sich zu erinnern, ob er irgend etwas Nützliches gelernt hatte, als er seinen Vater während der Sommerferien gelegentlich zur Arbeit begleitet hatte. Doch mehr denn je erschienen ihm in diesem Moment die Jahre des Lernens, die Schulzeit auf dem Gymnasium und dann das Universitätsstudium, das er auf Ignazios Wunsch um jeden Preis hatte absolvieren müssen, als unbrauchbarer Zierat, etwa so wie die Posamente, mit denen sein Vater zu handeln versucht hatte und die seit Jahren unverkauft auf dem Boden großer Schachteln in einer Ecke des Schuppens herumlagen.

Obendrein hatte ausgerechnet in dem Moment, da er die Ernte seines Studiums hätte einbringen und die letzten Prüfungen ablegen sollen, um, wie es die Familie geplant hatte, den Arztberuf zu ergreifen, ein dummer Unfall seine Laufbahn unterbrochen, so dass er nun für alle Zeiten hinken würde.

Die schönen Pläne hatten sich in einem einzigen Augenblick auf einem Fußballplatz zerschlagen, zusammen mit dem Waden- und Schienbeinknochen, die der Castellucci, als er wie ein Verrückter auf ihn zugelaufen war, um den Ball zu bekommen, ihm mit einem Tritt glatt gebrochen hatte wie zwei Grissini. An jenem Tag war Beniamino auf das Tor zugelaufen, nachdem er dribbelnd einen Gegner abgeschlagen hatte, und während er schon auf Meloni zielte, der zwischen den Pfosten kauerte, hatte er eben noch Zeit gehabt, aus dem Augenwinkel einen Schatten mit Castelluccis Zügen zu erspähen. Vielleicht hatte er es sogar für eine Einbildung gehalten, so schnell und unerwartet war der Zusammenstoß gekommen. Er hatte gespürt, wie aufgewühlte Erde ihn streifte, und hörte ein trockenes Knacken wie zersplitterndes Holz, während etwas ihn mit der Kraft eines Bullen herumriss und zu Boden zog. Unterhalb des Knies tat sein Bein so weh, dass er sich wunderte, als er aufstand und an die Stelle fasste, wo die Flammen ihn verbrannten, weil er kein Feuer sah, sondern nur sein Bein, aber so verdreht, wie er es vielleicht nur früher bei Maras Puppen gesehen hatte. Und bevor der Schmerz, der schon wie ein Schnellzug bis in sein Herz hinauffuhr, ihm die Besinnung nahm, hatte Beniamino noch Zeit gehabt, den Castellucci irgendeine Madonna verfluchen zu hören, während andere Stimmen ihm rieten, ruhig zu bleiben und nicht hinzusehen.

Als er im Krankenhaus aufwachte, war das Kind schon in den Brunnen gefallen, wie Ignazio von nun an immer wieder sagen würde, bis der Tod ihn holte. Jedesmal wenn er es sagte, hieb er sich mit seiner breiten Hand auf den Oberschenkel, um die Wut zu unterstreichen, die ihn beim Anblick seines zugrunde gerichteten Sohnes packte. Denn Professor Luciani musste ihm die Situation gar nicht haargenau erklären, Ignazio hatte augenblicklich begriffen, dass Beniamino, der zeitlebens kerzengerade und schnell wie ein Blitz gewesen war, nie mehr derselbe sein würde. Dieses wie das Holz eines Rebstocks verdrehte Bein war nämlich zunächst gedehnt, von Eisen und Drähten durchbohrt und dann wieder zusammengefügt worden, doch nach beendeter Prozedur trotzdem ein wenig kürzer als das andere geblieben, und so zwang es den Jungen fortan zu einem hinkenden und ein wenig schiefen Gang.

Überdies waren die Wochen des Krankenhausaufenthaltes, wie zum Hohn, ausgerechnet in die Zeit nach dem Sommer gefallen. Also hatte er die letzten Prüfungen nicht ablegen können und die Promotion auf die nahe Zukunft verschieben müssen. Und jetzt, da sie gekommen war, war diese Zukunft eine nur mit quälenden Sorgen, mit Rechnungen, die bezahlt, mit Aufgaben, die bewältigt werden mussten, angefüllte Gegenwart.

Umgeben von Stoffballen, die unentzifferbaren Hefte aufgeschlagen vor sich, fühlte Beniamino sich in einem Meer der Vergeblichkeit ertrinken. Er drehte und wendete die Aufzeichnungen des Vaters hin und her, ohne eine Ordnung, ein Konzept zu finden. Also stand er auf und ging zu den Regalen mit den Musterkatalogen, um die Stoffe zwischen Daumen und Zeigefinger zu befühlen, wie er es immer bei Ignazio gesehen hatte, vielleicht weil er hoffte, in dieser Geste verberge sich der Schlüssel für die Tür zu einer Wahrheit, die ihm noch verschlossen und rätselhaft war.

Um diesem Leerlauf zu entfliehen, ging Beniamino von Zeit zu Zeit nach draußen, lehnte sich an den Maschendraht, der den Garten von der Irrenanstalt trennte, und sah den Irren zu, wie er es seit seiner Kindheit tat. Er beobachtete ihren zwanghaft schlenkernden Gang und dachte über diese ihrem Schicksal überlassenen Existenzen nach, die ihm jetzt mehr denn je ziellos dahinzutreiben schienen. Wie er selbst.

Unerwartet kam die alte Aida ihm zu Hilfe. Als er wieder einmal versunken an der Umzäunung stand, bemerkte er plötzlich den winzigen Körper der Großmutter neben sich.

Sie lehnte wie er am Gitter und betrachtete schweigend das Irrenhaus. Zum erstenmal machte sie ihm keine Vorwürfe, befahl ihm nicht schreiend, er solle aufhören, diese verlorenen Seelen anzugaffen, denn es sei nicht anständig, dem Unglück hinterherzuschnüffeln. Zum erstenmal stand sie stumm neben ihm, fast als hätten sie etwas gemein.

In diesem Augenblick spürte Beniamino das Leid, das auch über sie gekommen war, die Angst vor einer unbekannten Zukunft und vor dem Wirrwarr der Tage, die ihr noch blieben, gefangen zwischen dem zweistöckigen Häuschen und der Irrenanstalt, einer in Tränen aufgelösten Tochter und einem hinkenden Enkel, der unfassbar war wie die Luft. Statt dieses Schweigens, dachte Beniamino, hätte er lieber wieder ihr Gezeter, ihre Vorhaltungen gehört, alles, was die Normalität wieder gegenwärtig und lebendig gemacht hätte, die zusammen mit Ignazios Leben für immer verschwunden schien.

Aber Aida stand stumm da, die Finger um die eisernen Maschen geklammert, und ließ die Gedanken in ihrem Kopf kreisen, wie sie die Verrückten auf dem Hof kreisen sah. Aida suchte, sie suchte nach einer Idee, wie sie diesem Enkel helfen konnte, dessen Hilflosigkeit und Verlorenheit sie spürte. Beniamino hätte ihre ganze Freude sein sollen, die Genugtuung am Ende eines Lebens, das aus Mühsal und Plackerei für Haus und Tochter bestand, er hätte dieses elende Dasein verbessern sollen, das sie, ein Kind von Bauern, Tag für Tag als harte Bissen oft widerwillig hatte schlucken müssen.

Inzwischen zerfaserte ihr Gedächtnis im Nebel, und oft tauchten als plötzliche Blitze Namen und Personen vor ihr auf, denen ein Gesicht oder einen Ort zuzuordnen ihr schwerfiel. Woran sie sich aber genau erinnerte in dieser verfluchten Welt, das waren die Berge von Wäsche, die sie hatte waschen müssen, damit sie ein paar Groschen auf den Tisch legen konnte, als Unterstützung für Antonio, ihren Mann, diesen armen Teufel, bevor das Fieber ihn dahinraffte. Und die Wäschestapel erinnerten sie an ihre von der Feuchtigkeit im Wassergraben verkrümmten, von der Waschlauge aufgesprungenen Finger und an die Rükkenschmerzen, denn stundenlang gebückt stehen, um Tischtücher und Laken gegen Steine zu schlagen, das ist nicht gut für die Gesundheit.

Doch jeder Schlag ins Wasser, jedes Rollen und Wringen der Tücher waren ein kleiner Ansporn für Antonio und ihre Tochter gewesen. Und nachdem Elemira diesen Ignazio, einen anständigen Mann, geheiratet hatte, war aus allen Mühen eine Liebkosung für die Enkel geworden. Jeder gespülte Kissenbezug ein Kuss. Jedes zum Trocknen ausgebreitete Hemd eine Umarmung.

Dank der Berge aus Laken und der Küsse, die sie in ihrem Leben angehäuft hatte, konnte Aida sich im Alter an ihren Enkeln erfreuen, besonders an Beniamino, der studierte, um Arzt zu werden: Jede gute Note, die er bekam, wurde zu einem Teil von ihr, jede Stufe, die er hinaufstieg, machte ihr das Atmen leichter nach dem gebückten Stehen und Wenden der Wäsche im eiskalten Wasser des Grabens. Vom Ufer aus, wo Aida sich endlich hatte niedersetzen dürfen, hatte sie stolz und besorgt die Fortschritte des Enkels beobachtet, hatte ihn überwacht wie ein Gärtner das Keimen einer kostbaren Pflanze, hatte sein Wachstum beschützt und ihn abgeschirmt gegen Stürme und Zerstreuungen. Und immer wenn sie ihn am Gartenzaun stehen sah, in den Anblick der Verrückten versunken, hatte sie ihn mit Vorwürfen überschüttet, ihn auf seinen Weg zurückgerufen, der auf dieser, auf ihrer Seite verlief, denn Arzt sollte er werden, Heilung und Gesundheit bringen können, was denn sonst.

Als dieser verdammte Castellucci ihm dann das Bein brach und er die Prüfungen verschieben musste, fühlte Aida sich für dieses Unglück genauso verantwortlich, als hätte sie selbst eine mörderische Attacke auf die Zukunft ihres Enkels unternommen. Sie sah Ignazios Wut, seine Fäuste, die sich ballten und auf die Luft einschlugen, seine Hand, die schwer auf den Oberschenkel fiel, und wie er unaufhörlich sagte, dass das Kind nun in den Brunnen gefallen sei, und als sie darüber zuletzt verzweifelte, lastete das ganze Gewicht der Wäscheberge wieder auf ihr, und wieder spürte sie die Feuchtigkeit, den gekrümmten Rükken und die rissigen Hände.

Aida hatte gebetet. Sie hatte geweint und gebetet, jemand dort oben möge diesen Jungen, der Arzt werden sollte, beschützen und lieber ihr, der nutzlosen Wäscherin, das Verhängnis schicken, hüftlahm zu sein. Wenn schon unbedingt ein Unglück geschehen musste, dann sollte es sie treffen, die sie sowieso an die Bürde des Waschens im Graben gewöhnt war, nicht diesen Prachtjungen Beniamino.

Sie hatte gebetet und geweint, und gerade als sie Hoffnung geschöpft und darauf vertraut hatte, die Dinge könnten sich nach und nach wieder einrenken – denn von

Gott kommen die Schicksalsschläge, aber auch die Möglichkeit, mit ihnen fertig zu werden, also würde es nur darum gehen, den Studienabschluss ein wenig aufzuschieben –, da hatte Ignazio sich aus dem Staub gemacht, ohne sich zu verabschieden oder noch etwas anderes zu sagen als diesen dummen Spruch über die Kaninchen.

Und abermals hatte sich das Gewicht der Jahre und der Arbeit auf sie gelegt, ein Berg aus Mühen und Opfern, die nun schon wieder zwecklos erschienen. Also hatte Aida an dem Tag, an dem Ignazio von seinem Stuhl am Küchentisch nicht mehr aufgestanden war, mit dem Beten aufgehört. Sie hatte die schluchzende Elemira umarmt und versucht, ihre eigenen Tränen und ihren Kummer zurückzuhalten, sie hatte bei den Alltagsdingen zu helfen versucht, indem sie im Haus auf die Weise, an die sie sich erinnerte, Ordnung machte, und am Ende wäre sie gerne ganz und gar in dem Nebel versunken, der sie manchmal umgab, wo die Zeit und der Raum dehnbar waren wie Gummi, wo die Dringlichkeit der Pflichten nachließ und alles, was geschah, sich im gemächlichen Rhythmus eines Spaziergangs bewegte.

Das hatte Aida sich gewünscht, doch immer wenn sie an diesen Wunsch dachte, tauchte prompt wieder Beniaminos Gesicht auf, das über den Gartenzaun hinausblickte. Also hatte sie sich müde bis zum Zaun geschleppt und sich daran festgehalten, um dieses bedrückende Schweigen mit ihrem Enkel zu teilen, um, wie sie es ihn seit Jahren tun sah, mit anzusehen, wie die Verrückten im Hof im Kreis gingen.

In diesem Moment war ihr die Idee mit der Irrenanstalt gekommen. Einen Augenblick lang lichtete sich der

Nebel, und ihr schien ganz klar, dass die unmittelbare Lösung ihrer Probleme in den Verrückten liegen konnte, die Beniamino so oft beobachtete.

An dem Tag, an dem Beniamino sich in der Irrenanstalt vorstellte, stand er früh auf, nachdem er die Nacht mit komplizierten Träumen verbracht hatte. Mehrmals war der Schatten vom Castellucci zurückgekehrt und hatte sich, begleitet von dem unheimlichen Geräusch zersplitternden Holzes, im Traum auf ihn gestürzt. Wieder und wieder hatte dieser rasende Bulle ihn wütend angegriffen, obwohl er friedlich mitten auf dem Spielfeld stand, seine Bücher in der Hand, bekleidet mit einem schönen schwarzen Anzug mit Krawatte und blankpolierten Schuhen, wie die Doktoren sie trugen. Und während er durch den Staub des schäbigen kleinen Fußballplatzes rollte, sah er hinter der Umzäunung Elemira, Mara und Aida stehen, die beobachteten, was auf dem Rechteck des Spielfeldes geschah, so wie er immer auf den Hof der Irren schaute.

Darum wachte er an diesem Morgen schlechtgelaunt auf, eine Sorge drückte ihn mitten in der Brust, und seine Knochen schmerzten, als hätte der Castellucci ihn wirklich brutal zusammengeschlagen. Und auch als er in Begleitung von Elemira vor Professor Tiziani trat, verließ ihn dieses bedrückende Gefühl nicht.

Ohnehin hatte dieser Ort immer zwiespältige Gefühle in ihm geweckt, halb Neugier, halb Unbehagen. Dieses von der Mauer und den hohen Gittern geschützte Haus aus dunklen Ziegelsteinen war immerhin die Höhle, aus der die Gespenster herauskamen, die er durch die Öffnung in seinem Garten beobachtete. Es war ein geheimnisvoller Ort, erfüllt von herzzerreißenden Schreien, gellenden oder kehligen Lauten wie von verschreckten Tieren, etwas Unheimliches und Urtümliches, das keine Schranke ganz zurückhalten konnte.

Auch in der kleinen Stadt, in deren Mitte es lag, hatte man die Gegenwart des Irrenhauses nur hingenommen, wie man einen unbequemen Verwandten in der eigenen Familie hinnimmt, wie etwas, was es gibt, mit dem man aber tunlichst nicht viel Umgang pflegt, oder das man, wenn möglich, sogar besser vergisst. Wenn über das Haus geredet werden musste, redete man vorsichtig, in Anspielungen, oder auch erregt, wütend über einen Fluch oder eine Drohung, in Ausbrüchen wie bei einem starken Gewitter, die keine Spuren hinterließen außer diesem Bewusstsein von einer latenten Gefahr. Denn es ließ sich nicht leugnen, dass das Gehirn manchmal schon von Geburt an verfault war, wie das vom Gusto, dem Sohn des Briefträgers, der nichts anderes von sich gegeben hatte als Grunzlaute, seit er aus dem Bauch seiner Mutter hervorgekommen war, und wenn man ihn gehen sah, konnte er einen wirklich erbarmen, der Ärmste, der dauernd von einem Zittern geschüttelt wurde, so schlimm war ja nicht mal das Fieber.

Während das Gehirn also bei manchen schon holpernd geboren wurde oder sich im Lauf der Zeit nach und nach immer mehr verhedderte, wie bei alten Leuten, die sich nicht mal an ihren Namen erinnerten, gab es andere, denen die Vernunft urplötzlich abhanden kam, die eine Hippe nahmen und Frau, Kinder, Schwiegermutter und obendrein die Tiere totschlugen, oder es gab den Literaturprofessor Cavani, einen großen Liebhaber Homers, der sich von einem Tag auf den anderen in seinen unaufhörlich rezitierten Versen verlor, wobei er gestikulierte und sich auf eine Weise bewegte, die alle traurig und ängstlich machte, wenn sie diesen einst geschätzten, würdevollen Mann jetzt in einem so erbärmlichen Zustand sahen.

So wie ein Bein brach, konnte also auch im Kopf etwas zerbrechen, konnte schlecht werden und faulen, ähnlich wie Gemüse vielleicht, das fault, wenn es zu lange in der Sonne gelegen hat, und dann wurde es schwierig, Abhilfe zu schaffen, denn nicht alle können die Launen ihrer Kinder, Freunde oder Verwandten ertragen, können Gedankengängen folgen, die einem den Atem und den Schlaf rauben, können Menschen waschen und füttern, die einen Dachschaden haben und vergessen, sich zu waschen, oder ihren eigenen Unrat essen oder umgekehrt vom Zwang besessen sind, sich andauernd waschen zu müssen, bestimmte Farben nicht anzufassen, nicht mit anderen Menschen zu sprechen oder alle Spiegel zu meiden.

Leute für die Irrenanstalt. Leute, die man von den Carabinieri abholen lassen musste, wie das unten am Bahnwärterhaus mit Lorenzo passiert war, dem Sohn vom Marini, der sämtliche Möbel zerschlagen hatte und dann das Haus anzünden wollte; oder Leute, die man vorsichtig und behutsam begleiten musste, wie Maddalena, als ihre Töchter merkten, dass sie gar nicht mehr sprach und bloß reglos dasaß, um mit einem verklärten Blick auf eine Stelle an der Wand zu starren.

Leute für die Irrenanstalt, die in das Haus aus dunklen Steinen eingesperrt wurden, zum Kummer oder zur Erleichterung derjenigen, die draußen vor der hohen Umfriedungsmauer blieben und nicht genau wissen wollten, was dort drinnen vor sich ging, denn die Schande eines Menschen ohne Verstand gab schon genug Anlass zu Sorge und Trauer, da musste man nicht auch noch etwas verstehen oder seine Gedanken ernsthaft verfolgen wollen. Dafür gab es die Ärzte, Leute, die studiert hatten und wussten, wie sie Kopf und Hände gebrauchen mussten, um die sonderbaren Gedankensprünge von einem zu verstehen, der ein wurmstichiges Hirn hat.

Und es gab die Schwestern, die Barmherzigen Töchter Christi, die dort drinnen eingeschlossen waren, genauso wie die Verrückten, für die zu sorgen sie gelobt hatten. Frauen, ebenso streng wie mildtätig, die Geschrei und Tobsuchtsanfällen die Stirn bieten konnten, wilden Veitstänzen, die sogar einen Soldaten erschreckt hätten, Frauen, die sich geduldig hinsetzten, um dem Lallen und Greinen aus schiefen Mündern zuzuhören, aus denen nicht mal zwei sinnvoll verbundene Worte hervorkamen.

Außerdem gab es die Aufseher und die Helfer, Menschen wie Felsen, viele hatten starke Arme und Hände von der Feldarbeit, genau die richtigen Kräfte für diese viehische Plackerei. Denn das war jedem klar, hinter den Mauern waren Menschen eingeschlossen wie in Ställen, Menschen, die außer zwei Beinen, Kopf und Armen oft nichts Menschliches mehr zu haben schienen. Und auch alles andere, ihre Gedanken, Bewegungen, das Reden, sogar der Gestank machten sie Tieren ähnlicher als Menschen.

Als Beniamino auf die Irrenanstalt zuging, war sein Gemüt darum beschwert von bösen Träumen und einer Beklemmung, die auch die Vertrautheit mit diesem Gebäude, das so nah an seinem Elternhaus lag, nie hatte zum Verschwinden bringen können.

Kaum war er durch die Eingangstür getreten, stieg ihm ein beißender Geruch in die Nase, worauf er den Arm, den seine Mutter ihm gereicht hatte, noch heftiger drückte. Elemira hatte nämlich darauf bestanden, ihn zu dem Gespräch zu begleiten, weil es ihr herzlos erschienen war, ihren Sohn allein an diesen düsteren Ort zu schicken, damit er wegen eines Unglücks, das im Grunde die ganze Familie betraf, um Arbeit bat. Außerdem hatte sie Gelegenheit gehabt, Professor Tiziani durch seine Frau kennenzulernen, als diese eines Tages zu Ignazio gekommen war, um Stoffe umzutauschen, weil ihr die Farbe dann doch nicht gefiel. Tiziani war ein stattlicher Mann mit einem dichten Bart und vornehmer Ausstrahlung, immer perfekt gekleidet mit Jackett, Krawatte, Weste und, bei der Arbeit auf den Fluren der Anstalt, einem strahlendweißen, gestärkten Kittel.

Als Beniamino zu ihr gekommen war, um ihr von Aidas Idee zu erzählen, hatte Elemira die Ängste, die sie in jenen Tagen vollkommen beherrschten, noch tiefer in ihr Inneres verbannt. Der schreckliche, unerwartete Tod ihres Mannes hatte ein Gefühl totaler Zerbrechlichkeit in ihr zurückgelassen, als entstammten ihre Kraft, ihre Ruhe, ihre Pläne, kurzum alles, der Energie, die sie jedesmal, wenn Ignazio über die Türschwelle schritt, ins Haus strömen fühlte.

Jetzt erschien ihr alles amorph, vage, in Nebeln verloren wie Aidas Erinnerungen. Die Stoffballen vermischten sich mit Beniaminos Studien und die Kaninchen mit Maras Puppen. Es gab viel zu tun, sie musste aufräumen und sich um die Sachen zum Anziehen kümmern, das Eingemachte auf Flaschen füllen, bevor es schlecht wurde, und alte Kissenbezüge aus dem Lager holen. Aber vielleicht waren es gar keine Kissenbezüge. Es waren Laken, und das Eingemachte war Marmelade oder etwas ganz anderes, worüber sie jetzt aber nicht nachdenken konnte oder wollte, weil das zuviel verlangt war und sich alles um sie herum drehte, während sie doch am liebsten nur in der Küche gesessen und geweint hätte, bis Ignazio wieder zum Abendessen durch die Küchentür kam.

Aber dann war Beniamino durch die Tür hereingekommen. Elemira hatte seinen hüftlahmen Gang gesehen, und wieder hatte sie, so laut, als säße er neben ihr, Ignazios Schreie und Flüche gehört, wenn er die Welt verwünschte und sich mit der Hand auf den Oberschenkel hieb, und wieder hatte sie gesehen, wie ihr Mann auf demselben Stuhl zusammensank, auf dem er sterben sollte, und minutenlang weinte wie ein Kind, um sich dann aufzurichten und sie plötzlich, wie vom Blitz getroffen, zu umarmen, wieder laut zu fluchen und ihr zu befehlen, sie solle endlich mit dem Flennen aufhören, denn »das einzige Ziel eines Vaters und einer Mutter ist es, ihren Kindern zu helfen, anstatt sie in einem Meer aus Tränen zu ertränken«. So hatte er zu ihr gesagt und ihr dabei eine Ohrfeige gegeben, so dass sie schlagartig zu weinen aufhörte.

Darum hatte es Elemira, als Beniamino ihr von Aidas Idee erzählt, sich neben sie gesetzt und sie umarmt hatte, einen Stich ins Herz versetzt, so stark, dass er sie an die Ohrfeige erinnerte, mit der Ignazio ihre Tränen erstickt hatte. Auch brachte er ihr erneut zu Bewusstsein, dass sie nun gleichzeitig Vater und Mutter sein musste. Und so hatte sie begriffen, dass der Moment gekommen war, die Tränen zu trocknen, nicht mehr in der Küche zu warten, bis ihr Mann früher oder später durch die Tür kommen würde, als wäre er nur ein paar Tage zu den Märkten gefahren und läge nicht steif zwei Meter unter der Erde.

Allein Beniaminos hinkender Gang war ein schwer erträglicher Anblick, und zweifellos war es dieses Unglück gewesen, was das Herz ihres Mannes gebrochen hatte, wo doch auch ihres sich wie unter einem Zangengriff zusammenpresste, sobald sie den schwankenden Schritt dieses Sohnes sah. Wenn Ignazios Fröhlichkeit, seine gute Laune und seine großen Pläne, wenn die aufrichtige Liebe, die sie für diesen Mann empfunden hatte, echt gewesen waren, dann war der Moment gekommen, die Mutter ihres Sohnes zu sein, auch um des verstorbenen Ignazio willen, und sich wieder zum Arbeiten niederzuknien, wie sie es Aida tausendmal unten am Wassergraben hatte tun sehen, nach dem Tag, an dem das Fieber ihr den Vater genommen hatte.

Also war Elemira vom Stuhl aufgestanden, hatte einen letzten Blick auf die Küchentür geworfen, als wollte sie sich vergewissern, dass Ignazio keinesfalls mehr kommen würde, und war hinaufgegangen, um ein Kleid auszusuchen, in dem sie ihren Sohn am nächsten Tag zu Tiziani begleiten würde.

An Beniaminos Arm ging sie am Morgen darauf durch das Eingangstor der Irrenanstalt, und das Herz wurde ihr schwer, denn dieser Ort hatte ihr nie gefallen, sondern sie immer erschauern lassen und ihr Unbehagen bereitet, als hätte sie nicht schon genug eigene Probleme. Der beißende Geruch in der Luft schnürte ihr die Kehle zu wie eine Hand, die sich um ihren Hals legte. Darum klammerte sie sich noch fester an den Arm ihres Sohnes, den sie hätte stützen und beschützen sollen, während er es war, der sie in diesem Moment stützte.

Sie durchquerten die Vorhalle bis zu der großen Glastür, die in die Station führte. Von hier aus konnte man am Ende des breiten Flurs den Hof und seine Mauer sehen, unterbrochen vom Maschendrahtzaun, der durch den Rosenbusch fast ganz verdeckt wurde. Hinter dem Zaun sah man ihr Haus, und bei dem vertrauten Anblick erholte Elemira sich ein wenig, als sähe sie ihr Heim nach einer stundenlangen Abwesenheit wieder.

Als die Schwester sie an der Tür anhielt, um ihnen die Treppe zu den Büros im ersten Stock zu zeigen, war der Mut zurückgekehrt, der Elemira bewogen hatte, Beniamino zu Tiziani zu begleiten.

Dieser empfing sie höflich, bat sie, Platz zu nehmen, und sprach ihnen sofort sein Beileid aus. Er habe es von seiner Frau, einer Kundin Ignazios, erfahren, sagte er, und beteuerte, wie sehr er den Tod eines Menschen bedaure, der nach dem, was man hörte, ein ehrenwerter Mann, rechtschaffen und fleißig, außerdem ein vorbildlicher Vater und Ehemann gewesen sei.

Elemira verstand diese Worte als eine Aufforderung, und an dieser orientierte sie sich, um ihren Besuch zu erklären. Da Ignazio tatsächlich ein fleißiger Arbeiter, ehrenwert, rechtschaffen und so weiter gewesen war, eben weil er aus eigener Kraft die ganze Familie auf seinen Schultern getragen hatte, musste sie nun, da diese Säule eingestürzt war, mit tausenderlei Problemen fertig werden, mit den unvorhersehbaren Entwicklungen eines Geschäfts, von dem sie nichts verstand, mit einer alten Mutter und einer kleinen Tochter, die ernährt werden wollten, außerdem einem Goldstück von Sohn, der studiert hatte, dem aber ein vermaledeiter Unfall ein Bein und die schon so nahe gerückte Aussicht auf eine Karriere als Arzt zerschmettert hatte.

Elemira sprudelte dies alles fast in einem Atemzug heraus, dabei half ihr der Vorsatz, den sie gefasst hatte, außerdem das Kopfnicken, mit dem Tiziani ihr bedeutete, dass er verstand, dass er alles einsah, aber gewiss doch.

Beniamino hörte stumm zu, wie die Mutter dem Professor die Sorgen und Ängste ausschüttete, die sie so viele Tage lang zum Weinen gebracht hatten, und es erleichterte ihn, dass er hinter diesen Worten endlich denselben energischen Zugriff erkannte, den er an seinem Vater erlebt hatte, wenn er in wenigen Sätzen einen Stoff beschrieb und Kunden zum Kauf bewegte. Doch als der Wortschwall verebbte, Tiziani aufhörte, der Mutter zuzunicken, und ihn anblickte, begriff er, dass der Moment gekommen war, auf eigenen Füßen loszumarschieren, obwohl seine Ideen vage und schwankend waren wie sein Gang.

Er sah sich in dem Zimmer um, wo Gemälde, einige Fotografien hochangesehener Professoren und Darstellungen der menschlichen Anatomie an den Wänden hingen, außerdem in einer Ecke, ein beunruhigender Anblick, ein vollständiges menschliches Skelett in aufrechter Haltung. Die Umgebung erinnerte ihn an seine Vorlesungssäle, also fasste er Mut, indem er sich vorstellte, er stünde vor einer Prüfungskommission, wo man gut daran tat, sich präzise und knapp auszudrücken, da es ohnehin zwecklos war, das Thema mit zu vielen Sätzen zu umkreisen, wenn man das Wesentliche des Stoffs nicht beherrschte. Er senkte den

Blick auf Tizianis Schreibtisch, als suchte er dort einen Anhaltspunkt, und begann zu sprechen.

»Sehr geehrter Herr Professor«, sagte er, »ich bin hier, weil ich Sie um eine Arbeit bitten möchte, denn mir obliegt jetzt die Aufgabe, meiner Familie zu helfen, meiner Mutter, meiner Schwester und der alten Aida. Wie Sie wissen, wohnen wir direkt auf der anderen Seite dieser Mauer«, er zeigte zur Erläuterung aus dem Fenster, »und ich beobachte diesen Ort seit meiner Kindheit, als wäre er ein Teil meines Elternhauses. Wie Mama Ihnen schon sagte, verstehe ich nichts vom Verkaufen, aber ich glaube, ich könnte Ihnen nützlich sein bei allem, was man tun kann, um leidenden Menschen zu helfen, denn im Grunde ist es ja genau das, was ich versuchen werde, sobald ich das Studium abschließen und promovieren kann.«

Als er zu Ende gesprochen hatte, machte er es so wie nach einer Prüfung, er blickte Tiziani direkt in die Augen, wie um eine Beurteilung zu erraten. Der Professor betrachtete ihn eine Weile, als wöge er ab, was ihm gesagt worden war, dann lächelte er und sagte, dass er verstehe und dass dieses Vorhaben einem jungen Mann alle Ehre mache, der, wie er soeben habe feststellen können, reif genug war, um die Verantwortung für eine Familie auf sich zu nehmen, und gleichzeitig nicht darauf verzichten wollte, sein Studium abzuschließen.

Er verstehe, und darum werde er eine Möglichkeit finden, Beniamino in dieser besonderen Familie aufzunehmen, deren Oberhaupt er sei – und bei diesen Worten breitete er die Arme aus wie der Papst –, da er gerade in der derzeitigen schwierigen Situation zupackende Hände, Menschen mit Intelligenz, Kraft und Sensibilität brauche.

»Drei unserer tüchtigsten Mitarbeiter«, erklärte er, »wurden zum Dienst am Vaterland eingezogen, das in Abessinien Krieg führt. Die Notlage Ihrer Familie wird damit für mich zu einer guten Gelegenheit, Ihnen die Arbeit anzubieten, mit der Sie Ihre Familie gewiss werden unterstützen können.«

Dann erhob er sich von seinem Schreibtisch und streckte Beniamino die Hand aus, um ihn zu beglückwünschen. Die Prüfung war bestanden, vielleicht sogar mit einer guten Note. Elemira legte sich eine Hand auf den Mund und unterdrückte ein aufsteigendes Schluchzen im Bemühen, ihr Versprechen zu halten, keine Tränen mehr zu vergießen.

So verabschiedeten sie sich, nachdem Tiziani Beniamino erklärt hatte, was zu tun war, mit wem er sprechen musste und wann, und als sie die Treppe zum Ausgang hinunterstiegen, schien das Dunkel, das sie beim Eintreten umfangen hatte, sich ein wenig gelichtet zu haben. Sogar der Geruch, diese ätzende Mischung aus Tiergestank und schlecht desinfiziertem Schmerz, erschien ihnen schwächer, beinahe erträglich.

So kam es, dass Beniamino auf die andere Seite des Maschendrahtzauns gelangte und sich mitten unter den Irren wiederfand, die er zuvor vom Garten seines Hauses aus hinter dem Rosenbusch beobachtet hatte, der diese Umzäunung nun schon fast ganz bedeckte.

Morgens legte er die wenigen Meter, die ihn von seinem Arbeitsplatz trennten, in einem zwiespältigen Gemütszustand zurück: einerseits empfand er Genugtuung, weil er diese Anstellung bekommen hatte, andererseits belastete ihn der Kontakt mit Gesichtern, Geräuschen und Gerüchen, die ihn beunruhigten und verletzten.

Die Schatten, die er jahrelang beobachtet hatte, gewannen jetzt neben ihm Gestalt, wurden zu Klumpen aus Fleisch und Knochen, die von einem eigenartigen Leiden beherrscht wurden, von etwas Offensichtlichem und gleichzeitig Geheimnisvollem, das Verwirrung und Mitleid hervorrief. Das Beste und das Schlimmste der Menschheit schienen hier versammelt. Manchmal wirkte die Apathie der Irren wie die Eingangstür zu einer abstrakten Dimension und ein versponnener, friedlicher Gesichtsausdruck wie das Anzeichen für die Erkundung von phantastischen, wundervollen Welten. Doch neben dieser scheinbaren Gemütsruhe brüllten Blicke, die von einer unbezwinglichen Angst gepeinigt wurden, durchdrungen waren von einem realen Alptraum, der die Seelen gefangenhielt und folterte. Diese Schreie, die manchmal aus heiterem Himmel kamen und gar nicht mehr aufhörten. Das blubbernde Gemurmel stundenlang verfolgter Gedankengänge. Die unglaubliche Kraft des Zitterns und der Krämpfe, die nur feste Lederriemen zu bändigen vermochten.

Angesichts dieses Leidens gewann Beniamino den Eindruck, dass nichts getan werden konnte. Sogar die Medizin, die Wissenschaft, die er studiert hatte und mit der die Herren Doktoren bei ihren Visiten und Heilmethoden prunkten, erschien ihm vollkommen untauglich für das Verständnis oder die Linderung dessen, was kaum zu verstehen und zu lindern war.

Die Menschen, die durch das Eingangstor des Irrenhauses gekommen waren, jene, die sich in den Betten seiner vier großen Schlafsäle ausstreckten oder zusammenkrümmten, die in einem langen Hemd durch die Gänge irrten oder auf den Pritschen liegenblieben, von den Armen der Aufseher oder den Lederriemen gezähmt, schienen allesamt mit diesem Eingangstor ihre persönlichen Säulen des Herakles durchschritten zu haben. Es war eine Grenze, hinter der für sie fortan alles verschlossen war: ihre Gefühle, die kleinen Geschichten ihres Lebens, die Kleider, die sie angezogen und die Gegenstände, die sie besessen hatten, all das blieb draußen, als wäre es am Ufer niedergelegt worden, bevor der Wahnsinn ihnen den entscheidenden Stoß versetzte, der sie in einen Ozean stürzte.

Und dort waren sie, schutzlos Stürmen und Flauten ausgeliefert, fast alle armselige, führerlos umhertreibende Boote und schon bald mit Verkrustungen und Schimmel bedeckt, die die Feuchtigkeit dieser weiten Meeresfläche auf ihnen wuchern ließ, um sie allmählich zu umschlingen. So senkte sich mit der Zeit das Deck, und schließlich waren sie von Schlamm bedeckt wie uralte Wracks.

Doch inmitten dieses Verfalls erblickte man gelegentlich auch ein Stück saubere Schiffshaut, ein paar trokkene Wanten, den noch bunten Fetzen einer Fahne, die tausend Unwetter überlebt hatte. Das waren kurze Lichtblicke, die sich meist sofort wieder verdunkelten, erstickt von Gleichgültigkeit oder Verzweiflung, von der Finsternis, die alles umgab und alles unerbittlich aufsaugte.

Die Gewohnheit, der vertraute tägliche Umgang mit dieser Finsternis ließ die Menschen, die sich um die Irren kümmerten, für den Kurs dieser verwahrlosten Schiffe unempfindlich werden, und sie begegneten ihnen zerstreut oder resigniert, da sie nicht verstanden oder nicht mehr verstehen wollten. Auch die konkreten Abläufe im Leben dieser prekären Gemeinschaft trugen dazu bei, die Schicksale zu trennen: Regeln, Pflichten, praktische Notwendigkeiten erwiesen sich meist als wichtiger als die eigenen Wünsche oder Wege dieser Existenzen, und durch ihre ständige Wiederholung, den Zwang, ihnen zu gehorchen, schufen sie das Bett eines Kanals, vielleicht auch ein Labyrinth, von dem aus keiner mehr aufs offene Meer hinausfahren konnte.

Das morgendliche Wecken, die Zeit für die Körperwäsche, der Moment, in dem die Irren in den großen Saal gebracht wurden oder in den Hof, wenn das Wetter es erlaubte, das Austeilen des Essens und das Ritual des Aufmarsches der Doktoren durch die Abteilungen, schließlich der Zeitpunkt, an dem sie wie eine dahintrottende Herde zurück in die Schlafsäle geleitet wurden, wenn die Dunkelheit sich der Räume bemächtigte und die Stille immer wieder durch die Geräusche eines von Ängsten und Gespenstern heimgesuchten Schlafs verletzt wurde – all das schien sich unendlich oft wiederholen zu müssen, damit der scheinbare Stillstand half, eine Last zu tragen, die sonst unerträglich gewesen wäre. Diese Monotonie verdankte sich einem von den Armen der Aufseher und der Unerbittlichkeit der Schwestern gesteuerten Zeremoniell, Ritualen, die die Zeit und das Leiden, die Worte und das Schweigen, die Blicke und die Schreie wiederkäuten, im Versuch, die unverdauliche Speise des Wahnsinns zu verdauen.

Beniamino ging nun hin und her zwischen dem Raum dieses Ozeans und dem Haus, in dem er geboren und aufgewachsen war und wo das Leben jetzt, im Schutz seiner neuen Arbeit, einen Anschein ruhiger Normalität gewonnen hatte. Elemira hatte wieder begonnen, sich um den Haushalt zu kümmern, sie umsorgte die heranwachsende Mara und säuberte die Kaninchenställe, während Aida sich in die Leere verblassender Erinnerungen treiben ließ. Sie saß im Garten neben dem Rosenbusch, als wollte sie dem Enkel möglichst nahe sein, der auf der anderen Seite des Gitters arbeitete. Wenn sie ihn neben den Verrückten im Hof auftauchen sah, lächelte sie, denn sie labte sich an einem Bild, auf dem er für sie schon ein Doktor inmitten seiner Patienten war, angesehen, würdevoll und entschlossen, erfüllt von einer Schönheit, angesichts deren sein Hinken keine Rolle spielte, war sie doch das Ergebnis seiner mühevollen Arbeit und der gewichtigen Bücher, die er studiert hatte.

Für Beniamino jedoch waren diese Bücher in seinem Zimmer auf dem Regal in ordentlichen Reihen genau dort festzementiert, wo sie an dem Tag gestanden hatten, als der Castellucci ihm das Bein gebrochen hatte. Dort blieben sie stehen, wurden zu einem Spiegel, in dem er Ignazios und sein eigenes Gesicht reflektiert sah. Ignazios lächelndes Gesicht, geglättet vom Tod, der ihn am Tisch überrascht hatte, sein eigenes Gesicht nervös und besorgt wegen der Resignation, die er, wie er nun wusste, nie mehr würde besiegen können.

Denn von dem Moment an, als er die Arbeit in der Irrenanstalt aufgenommen hatte, war in seinem Inneren, zunehmend deutlicher spürbar, die Gewissheit entstanden, dass die Verpflichtung, die er für seinen Vater eingegangen war und später vor Tiziani wiederholt hatte, die Absicht, das Studium zu beenden und zu promovieren, ein leeres Versprechen war.

Nicht weil er bewusst etwas Falsches behauptet oder an einem Betrug festgehalten hätte. An seine Reden gegenüber Ignazio und seiner Mutter hatte er aufrichtig geglaubt, und die Verantwortung, die er für sie und Aida empfand, war ein Ansporn gewesen, die Unbilden der Krankheit tapfer zu ertragen und das Hinken zu akzeptieren, das ihn bei jedem Schritt beschämte. Und auch als durch Ignazios Tod die Suche nach Arbeit vordringlich wurde, hatte der feste Vorsatz, Arzt zu werden, ihn keinen einzigen Augenblick lang verlassen, im Gegenteil, Arm in Arm mit ihm war er vor Tiziani getreten, und mit ihm an seiner Seite hatte er den Professor von seiner Seelenstärke, seiner Fähigkeit zu verantwortungsbewusstem Handeln überzeugt. Ein Mann.

Trotzdem hatte sich schon am ersten Tag, als er bei der Oberschwester vorstellig geworden war, ein feiner Riss in dieser Überzeugung aufgetan, die er für eisern gehalten hatte, und war von Tag zu Tag größer geworden, bis er einen Erdrutsch ausgelöst hatte, in dem sein Plan unterging.

Der direkte Kontakt mit dem, was er durch die Grenze des Gartenzauns beobachtet hatte, war der erste Hammerschlag gegen die Mauer seiner Gewissheit gewesen. Während er der Schwester Oberin auf die Station folgte und sie die Aufgaben erläutern hörte, die er bei seiner Arbeit würde bewältigen müssen, hatte er plötzlich gespürt, wie etwas Mächtiges auf ihn einstürzte, eine Welle ihn ergriff, stärker als alle anderen Überzeugungen, alle anderen Vorhaben.

Es war der Modergeruch der Gedanken, die sich in den Sälen stauten, das Gewicht der aufgeschobenen Worte und der unvollendeten Träume, der verlorenen, schwankenden Schritte von Wanderungen, die nirgendwohin führten. Es waren die ausgetretenen Schuhe, die neben den Betten stehengeblieben waren. Es waren die ungemachten Betten, die Laken mit den braunen Flecken, der abgeblätterte Lack an den Türen und Dutzende stierender, sehr naher, zu Schlitzen verengter oder geschlossener, verwirrter, entrückter Augen. Es waren die Stimmen, die sich vermischten wie auf einem Marktplatz, ein Weinen, ein Gelächter, die ersten Sätze einer Rede, die nie zum Abschluss kommen würde, und die Worte einer Schwester, die auf einen Schrank zeigte, die Bewegung eines kahlgeschorenen, glänzenden Schädels, der hartnäckige Geruch nach Essen, das Quietschen eines Servierwagens auf dem Gang.

Es war dieser dumpfe Lärm, die beharrlich stillstehende, schwüle Luft, die einem den Atem nahm und Beniamino dennoch zwang, hinzusehen, ihn endlich nötigte, von nahem an das zu rühren, was er jahrelang durch die Maschen seines Gartenzauns angestarrt hatte, die ihn zwang, neben und mitten in dieses Gemurmel zu treten, seinen Bewegungen zu folgen und den scharfen Geruch des Lebens zu atmen, das dort drinnen verfaulte.

An dem Tag, als Fosco in der Irrenanstalt ankam, lauschte Beniamino gerade versunken den Worten von Professor Cavani, hingerissen wie jedesmal von der Gelassenheit, mit der dieser Mann sprach und beim Gehen auf den Himmel zeigte, den er so sehr fürchtete und liebte, dass er daraus sein persönliches Gefängnis gemacht hatte.

»Alles auf dieser Welt ist vorherbestimmt und ruht im Geiste des Zeus«, sagte der Alte. »Aber dieser Geist ist unergründlich. Was in ihm vorgeht, ist für unsere Ohren nicht wahrnehmbar. Seine Mäander bilden ein Labyrinth, dessen Bedeutung sich dem menschlichen Verstand entzieht.«

Und während er das sagte, entwand er sich höflich dem Arm, den Beniamino ihm beim Spaziergang reichte, um die Hand hinter eine Ohrmuschel zu legen und die Augen zusammenzukneifen im Bemühen, etwas zu hören, was Beniamino offenbar entging.

»Hör dir das an!« sagte er jedesmal, »hörst du dieses sinnlose Rauschen, das alle Wahrheiten abschürft und zerkratzt?«

Unweigerlich zog er dann, als wollte er Beniamino ein großes Geheimnis offenbaren, nicht ohne sich zuvor vergewissert zu haben, dass keine Einmischung durch indiskrete Blicke drohte, immer dasselbe Stück Papier aus einer Tasche seines Hemdes hervor, einen schmierigen, zerknitterten Fetzen, bedeckt mit inzwischen verblassten Bleistiftlinien, die einstmals deutlicher eine Zeichnung, vielleicht eine Grafik dargestellt hatten.

»Labyrinth mit zwölf Windungen«, flüsterte er, sich zu Beniamino vorbeugend, »kretisches Labyrinth, in den Fahrten des Odysseus von Ithaka versteckt, klar und deutlich wie der Kosmos selbst.«

»Die Griechen wussten schon alles«, erklärte er schließlich, während er seine verschlissene Schatzkarte wieder sorgfältig zusammenfaltete. Dann ließ er sich fügsam zur Bank führen, den Blick zum Himmel gerichtet und immer dieselben Verse zitierend:

> Preise mir jetzt nicht tröstend den Tod,
> ruhmvoller Odysseus. Lieber möchte ich fürwahr dem
> unbegüterten Meier, der nur kümmerlich lebt,
> als Tagelöhner das Feld baun,
> als die ganze Schar vermoderter Toten beherrschen.

Den Arm des alten Professors fest im Griff, führte Beniamino ihn über den Hof, obwohl es so aussah, als ließe er selbst sich gern von den Worten führen, mit denen dieser Mann seine Äußerungen über das unergründliche Wesen menschlicher Schicksale jedesmal abschloss. Beniamino war fasziniert von dieser Mischung aus Leiden und Sanftmut, ihn interessierte das Verhältnis zwischen dem Wahnsinn, der den Geist des Professors gefangenhielt, und dem Raum, der den Menschen gewährt war, denn diesen versuchte der Alte ihm als einen ebenso engen, verschlossenen Käfig darzustellen.

Während sie im Rhythmus der Verse Homers auf die Bank zugingen, überlegte Beniamino, dass in dieser Besessenheit eine Wahrheit lag, eine Wahrheit, die für diesen Mann vielleicht gerade deswegen zum Gefängnis geworden war, weil er vor ihr kapituliert und die Gewissheit akzeptiert hatte, dass er sich in einem Labyrinth ohne Ausgang verirrt hatte.

Solche Labyrinthe gab es, recht bedacht, im Leben eines jeden Menschen. Ein Labyrinth war Elemiras Leben, eingezwängt zwischen familiären Verpflichtungen und der Erinnerung an Ignazios reglosen Körper auf dem Küchenstuhl, oder das von Aida, die nun schon seit langer Zeit zwischen den Stapeln gewaschener Laken, der Plackerei und der Bürde all der Dinge umherirrte, an die sie nicht mehr denken wollte, um endlich einen Hauch von Freiheit zu genießen. Auch sein eigenes Leben war ein Labyrinth, dachte Beniamino, solange er schwankte zwischen etwas, dem er soeben entflohen war, und etwas anderem, das er noch nicht genau kannte. Gerade darum klammerte er sich an die Worte des Professors, wie an jedes Lebenszeichen, an jeden Lichtstrahl, den er zwischen all diesen umhertreibenden Booten noch entdecken konnte.

An die Fetzen der Träume von Marzio Cadorna zum Beispiel, der tagsüber mürrisch und unhöflich wirkte, aber wenn man seine ersten Worte am Morgen aufzufangen verstand, sofort bereit war, den Schaum des Schlafes, aus dem er soeben gekommen war, wie einen übervollen Kelch auszuschütten: abgebrochene Sätze, kurze Beschreibungen von Orten, die er zu kennen behauptete, Litaneien aus Namen, die wie Gedichte klangen und abgespult wurden wie ein letzter Gruß, bevor er für den Rest des Tages in Schweigen versank, unterbrochen nur von Gebrumm und Weinkrämpfen, die wie überströmende Lava von einem unbezwingbaren inneren Schmerz kündeten.

An die Erzählungen der Signora Baldini, die behauptete, sie habe sieben Söhne geboren, gestillt und umsorgt, aufgezogen und allesamt gut verheiratet, während sie in Wirklichkeit nie Kinder gehabt hatte. In der Tasche ihres Hemdes bewahrte sie eine vertrocknete Kastanie auf, so hatte ihr Mann sie verächtlich genannt, verschrumpelte Kastanie, weil sie unfähig war, ihm einen einzigen lumpigen Erben zu gebären. So verbrachte sie Stunden mit ihren Erzählungen, schaukelte sachte vor und zurück, als sänge sie ein Schlaflied, sagte die Litanei der sieben Namen auf, dazu die Namen der Schwiegertöchter und Enkel, die Namen der Städte, in denen ihre weitverzweigte Familie lebte und in die sie bald fahren musste, um jedem von ihnen eine Hilfe und Stütze zu sein.

In diesen und anderen Seelen erblickte Beniamino eine Geschichte, verborgen oder offen zutage liegend, gleichwohl immer bedrückend und beängstigend, eine mit dem Messer der Krankheit in die Haut dieser Menschen geschriebene Geschichte. Darum spien diese Münder so oft Schmerz aus und bluteten, wie ihm Ubaldo Mei erklärt hatte, um die Verletzungen zu begründen, die er sich selbst beibrachte. In das Blut tauchte er dann ein spitzes Stöckchen, das er am Rosenbusch abgebrochen hatte und mit dem er, sobald er den Blicken der Aufseher entkommen konnte, das Auf und Ab seines Lebens an die weißverputzten Wände schrieb. Unendlich viele Zeilen hatte Ubaldo schon geschrieben, und jedesmal hatten Aufseher und Schwestern seine Sätze mit Seife, Lappen und Schwämmen weggekratzt, ausgelöscht und zerstört wie Penelopes Tuch, um die Ordnung der Anstalt wiederherzustellen, so dass er gezwungen war, von neuem mit dem Schreiben anzufangen.

Auch an dem Tag, als Fosco ankam, begleitet von zwei

Carabinieri, las Beniamino in seinem Blick die Bürde einer Geschichte, den Samen einer Unruhe, die ihn neugierig machte, deren Ursprung und Verlauf und Bedeutung er kennenlernen wollte.

Von der Oberschwester an die Tür des Saales gerufen, sah er einen jungen Mann zwischen den beiden Soldaten stehen, schlank und hochgewachsen, Augen, die unruhig die Umgebung musterten, wie auch der ganze Körper von einer sichtlichen Unruhe beherrscht wurde. Der Junge wirkte wie ein verstörter Vogel, ein verwirrter Albatros, der ängstlich nach einem ruhigen Ort suchte, wo er sich niederlassen konnte.

In dieser Welt durchbrach jedes Ereignis, das nach einer möglichen Neuigkeit aussah, die Kruste der Gewohnheit und zog die Aufmerksamkeit derjenigen Bewohner der Irrenanstalt auf sich, die noch wach genug waren, um es wahrzunehmen. Wie ein von Brotkrumen angelockter Schwarm Tauben standen einige von ihnen langsam auf und näherten sich mit neugierigen Blicken, ausgestrecktem Zeigefinger, Zuckungen oder Grimassen dem Ort, an dem etwas passierte.

Es waren harmlose Bewegungen, kein Anlass zur Besorgnis für denjenigen, der mit diesem Mikrokosmos vertraut war, denn solche Ereignisse kamen zwar nicht oft vor, aber man hatte sie bereits erlebt, man kannte sie, und sie ließen sich mit einem Blick oder einer Handbewegung in Schach halten. Darum fuhr die Schwester, nachdem sie einen Blick auf die vorrückende Schar der Neugierigen geworfen hatte, fort, die Anweisungen der Ärzte zu lesen, wohingegen die beiden Carabinieri neben dem jungen Mann von dem Ansturm sichtlich eingeschüchtert waren.

Als Beniamino vorsichtig einige Verrückte beiseite schob und auf die Gruppe zukam, begegnete er dem unruhigen Blick Foscos und erahnte in seinem ängstlichen Ausdruck das gleiche Gefühl, mit dem er selber in diesen Tagen zu kämpfen hatte, weil er erkannte, dass er gescheitert und im Begriff war, in ein Labyrinth abzugleiten. Und dank einer jener geheimnisvollen Symmetrien, die manchmal ohne ersichtlichen Grund das Leben der Dinge und Menschen miteinander verbinden, blieben Foscos umherirrende Blicke an Beniaminos Augen hängen, hefteten sich auf sie und gelangten in sein Inneres, wo sie sich an die Angst klammerten, die sie dort vielleicht entdeckten. So fest verbanden sich diese Blicke mit ihm, dass Beniamino ihre Energie wie eine wirkliche Umarmung spürte. Sie drückte sich in einem offenen Lächeln aus, wie zwischen zwei Freunden, die sich nach langer Zeit wiedersehen.

Darauf entfernte sich der Junge von den Carabinieri und trat zwei Schritte auf den ankommenden Beniamino zu, ohne dass die Polizisten einschritten. Die beiden waren sichtlich erleichtert, dass sie die Verantwortung für den Verrückten, noch dazu an diesem unheimlichen Ort, abgeben konnten. Die Schwester hob kurz den Blick von ihren Papieren, und als sie Beniamino sah, nannte sie ihm die Nummer des Schlafsaals und des Bettes, in dem der neue Gast untergebracht werden sollte.

Für Beniamino war es eine natürliche Geste, die Arme auszubreiten und den Jungen, der sich fast auf ihn stürzte, mit einem einzigen Wort zu begrüßen: »Willkommen.« Der Albatros barg sein Gesicht an Beniaminos Brust und verharrte ein paar Sekunden lang stumm, bevor er einen tiefen Seufzer ausstieß und mit einem Zischen in der Stimme mindestens vier-, fünfmal seinen Namen sagte.

Dann richtete er sich mit Tränen in den Augen auf und sprach harte, schneidende Worte: »Ich muss abhauen«, sagte er, »dorthin, wo sie mich nicht finden können.«

Beniamino fühlte die Hitze der Angst in sich aufsteigen und spürte das Gewicht einer Verantwortung, die schon in den Blicken gelegen hatte, die sie getauscht hatten. Rasch ging er die Erfahrungen seiner ersten Arbeitsmonate durch, auf der Suche nach etwas, was ihm helfen könnte, damit er nicht in den Treibsand der Krankheit gezogen wurde. Doch die Vernunft kam ihm nicht zu Hilfe, denn seine Angst war stärker, und über diese Angst siegte wiederum, was er schon als Kind ersehnt hatte: der Wunsch, über den Gartenzaun zu klettern und sich zu der Herde der Irren zu gesellen, um Rosen zu kauen.

Und so sollte es, während Beniamino dieses zitternde Bündel in den Armen hielt, an jenem Tag Professor Cavani sein, der dem verängstigten Seevogel die einzige Antwort gab, die ein Verrückter dem Schrecken hätte geben können, den er an sich drückte:

> Also redete Zeus' blauäugige Tochter, und kehrte
> Wieder zum hohen Olympos, der Götter ewigem Wohnsitz,
> Nie von Orkanen erschüttert, vom Regen immer beflutet,
> Nimmer bestöbert vom Schnee; die wolkenloseste Heitre
> Wallet ruhig umher, und deckt ihn mit schimmerndem Glanze:
> Dort erfreut sich ewig die Schar der seligen Götter.

Im Laufe der vielen Jahre, die das Leben ihm gewähren sollte, würde Beniamino noch oft darüber nachdenken, wie es möglich war, dass in jedem einzelnen Leben, über seine Tage verstreut, deutliche Zeichen eines Weges erscheinen, die den Menschen auffordern, diesen Weg zu gehen. Es können unbekannte und dennoch vertraute Namen sein, Dinge und Momente, und wie das Frontispiz eines Buches enthalten sie bereits Titel, Verfasser, Daten und Inhalte einer Geschichte, die auf den folgenden Seiten erzählt wird.

Das ereignet sich wie in jenen Träumen, in denen vieles dunkel und einleuchtend zugleich ist: man kennt es nicht, aber man weiß es. Gegenstände oder Menschen tauchen plötzlich aus dem Nichts auf und bringen alles mit sich, was binnen kurzem geschehen wird. Dieser Zukunft, die vielleicht ein Schicksal ist, überlassen wir alle uns fast willenlos, vertrauen uns ihr an, als hätten wir endlich etwas Unbestimmbares wiedergefunden, das wir lange Zeit nicht vollständig hatten begreifen können. Zwar fand Beniamino dies alles schon in Foscos Blick, doch war die Ankunft von Doktor Rattazzi am Abend desselben Tages erst recht eine Bestätigung jener sonderbaren Wege, auf denen sich Schicksalhaftigkeit und menschliche Daseinsweisen verflechten.

Schon die letzten, mit vielen praktischen Aufgaben angefüllten Stunden hatten die unterschiedlichsten Gefühle in ihm ausgelöst. Er hatte Fosco in das Leben dieser seltsamen Gemeinschaft einführen müssen, ohne seine Seele noch mehr zu erschüttern, die unter einer deutlich wahrnehmbaren Angst litt und angesichts der riesigen Säle mit ihren fremden Geräuschen und Gerüchen noch mehr in Aufruhr geriet. Beniamino hatte den kranken jungen Mann geduldig durch die Flure bis zum Schlafsaal geführt, ihm das Bett gezeigt, das von nun an sein »Wohnsitz der Götter« sein würde, und ihm dann freundlich die Räume des Hauses und die Personen erklärt, die es bevölkerten, mal eine kleine Geschichte, mal eine Anekdote einstreuend, in der eine Stadt oder ein Datum vorkamen.

Mit Fosco an seiner Seite, dem schüchternen Gefährten dieser Initiationsreise, war Beniamino durch die Welt der Irren gewandert und hatte versucht, die Wucht der Realität, die die Mauern des Irrenhauses umschlossen, bewahrten und seinen Bewohnern zurückgaben, mit Worten abzuschwächen. So hatte er, während der Neuankömmling in sich zusammengekrümmt auf einer Ecke der Matratze saß, die Decken seiner Bettstatt sorgfältig glattgestrichen, ihm das Stück Seife und das Handtuch auf dem Nachttisch gezeigt und unterdessen von den zahllosen Bettlaken erzählt, die Aida im Graben waschen musste, bevor und nachdem das Dreitagefieber ihren Mann wie ein Blitz aus dem Leben gerissen hatte. Auch von den Kaninchenställen hatte er erzählt und von diesem Unglücksmenschen Castellucci, der ihm die Promotion und ein Bein ruiniert hatte.

Gemeinsam waren sie in die Waschräume gegangen, wo sie beobachteten, wie das kalte Wasser rasch aus den Hähnen in die Waschbecken floss, rascher als die Geschichten, mit denen Beniamino versuchte, den an die Kachelwand lehnenden, widerspenstigen Albatros aus seiner Abkapselung zu holen. Schließlich waren sie auf den Hof gegangen, um eine Luft zu atmen, die nicht von den Ausdünstungen der Träume und Essensreste geschwängert war, und dort war Beniamino bis zum Maschendrahtzaun gegangen und hatte Fosco sein Elternhaus gezeigt, das seit so vielen Jahren unverändert hinter dem Rosenbusch stand, ohne dass man ihm anmerkte, ob es an den Vorgängen auf der anderen Seite der Grenze Anteil nahm, warum auch, enthielt es doch selbst schon genug Unglück, von Elemiras Verzweiflung bis zu den Erinnerungen, die Aida überall herumliegen ließ, wie ein unordentliches Kind seine Spielsachen.

Schritt für Schritt und mit jeder neuen Geschichte schien Foscos Misstrauen einem Anschein von Ruhe zu weichen, die Beniaminos Worte langsam herstellten, großzügige, liebevolle Worte wie die Umarmung, mit der er Fosco an diesem traurigen Ort empfangen hatte. Ermutigt durch dieses Auftauen, hatte Beniamino seinen Albatros auf eine Bank neben dem Rosenbusch geführt, denn er wollte ihm die Rosen zeigen, damit er den Duft und den Geschmack der Blüten erlebte, mit denen die Verrückten ihre Glückseligkeit nährten.

Während Beniamino von seiner Kindheit erzählte, in der er, an den Maschendraht gelehnt, diese Beseligung so oft heimlich beobachtet hatte, bemerkte er, dass ein Mann neben ihnen auf der Bank saß, ein Mann im weißen Kittel, der wie Fosco stumm und aufmerksam den Worten lauschte, mit denen Beniamino die Angst zu besänftigen versuchte. Der Mann sah vornehm aus, zwei vergoldete Füllfederhalter schauten aus seiner Brusttasche hervor,

vor allem aber trug er das emaillierte Schildchen mit dem Wappen der Irrenanstalt. Er war Arzt.

Beniamino zuckte zusammen und verstummte. Schon mehrmals war er von den Schwestern und von älteren Kollegen getadelt worden, weil er ihrer Ansicht nach durch sein Reden zuviel Zeit mit den Verrückten verlor. Gewiss, die Absicht, zu besänftigen und zu beruhigen, was schon im nächsten Augenblick explodieren konnte, war lobenswert, doch man durfte nicht Stunden mit Märchen und Hirngespinsten vergeuden, wenn es Dutzende anderer verlorener Seelen gab, außerdem Säle und Küchen, Flure und Sprechzimmer aufzuräumen und zu putzen galt.

So war Beniamino im ersten Augenblick darauf gefasst, dass diesem interessierten Blick einer der bekannten Vorwürfe folgen würde. Doch als das Schweigen anhielt, setzte der Mann, noch bevor es sich in Verlegenheit verwandeln konnte, zu einem breiten Lächeln an und begann zu sprechen, und Beniamino war sofort begeistert von der liebenswürdigen Art, mit der er sprach.

»Der Duft mancher Blumen erinnert mich an den Geruch von Fleisch«, sagte er, zupfte ein paar Blütenblätter ab, die er zwischen den Fingern zerrieb und sich unter die Nase hielt, und atmete dann mit sichtlicher Befriedigung tief ein.

»Wenn wir die Augen schließen, uns gegen das Treiben ringsumher abschotten und uns auch nur einen Moment lang in den Duft und das Wohlgefühl der Berührung versenken, können wir uns wirklich von allem entfernen«, und damit schloss er die Lider und fuhr konzentriert fort, die Reste der schon zerrissenen Blütenblätter zwischen den Fingern zu reiben und daran zu schnuppern.

»In dem Haus, wo ich als Kind lebte«, sagte er, »gab es im Garten einen Pfad, von Blumen gesäumt, die anzupflanzen meiner Mutter Freude machte und die auszureißen für uns Kinder ein großer Spaß war. Wir zerstampften sie nämlich zu einer Art Brei, es gefiel uns, die Blätter knistern zu hören und diesen Karneval unterschiedlichster Düfte aufsteigen zu lassen.«

Der Mann lächelte, die Augen fest auf einen Punkt im Hof geheftet, als blickte er weit über das, was er sah, hinaus.

»Habt ihr je versucht, die Knospen von Glockenblumen zum Platzen zu bringen? Oder den Stengel von Stiefmütterchen zu lutschen?«

Gleich darauf zupfte er wieder Blütenblätter vom Rosenbusch und reichte sie seinen Gesprächspartnern.

»Nur Mut, versucht einmal, sie zu reiben und ihren Duft zu riechen«, sagte er in einem freundlichen, heiteren Tonfall, der Beniamino an Ignazios Stimme erinnerte, wenn er, einen aufgerollten Meter Stoff über der Schulter, die Kunden aufforderte, die Qualität der Ware durch Betasten zu überprüfen.

So saßen sie eine Weile schweigend da, alle drei damit beschäftigt, die Rosenblätter zwischen den Fingern zu zerreiben, um dann ihren Duft einzuatmen, als wäre es ein Spiel. Vor allem Fosco hatte sich nach anfänglichem Argwohn allmählich überzeugen lassen und war nun eifrig in das Reiben und Riechen vertieft, ja, er zeigte seine Freude über den Duft mit einem Lächeln, das zusehends an Schüchternheit verlor.

Beniamino dagegen war überrascht, verwirrt von der Freundlichkeit dieses geheimnisvollen Menschen, der zwar aussah wie ein Arzt, aber nicht das abweisende, strenge Verhalten an den Tag legte, das die Ärzte Aufsehern und Patienten meist entgegenbrachten. Darum hielt er sich noch ein wenig zurück und benutzte den Schutzschild des Spielchens, um Zeit zu gewinnen und zu verstehen.

In diesem Moment tauchte am Himmel über dem Irrenhaus ein Schwarm Vögel auf, so groß und dicht, dass er die Sonne fast vollständig verdeckte. Durch das Stimmengewirr im Hof fuhr ein Flügelrauschen, und über den Köpfen wogte eine schwarze Wolke hin und her, die sich, wenn sie jäh die Richtung wechselte, hob und senkte wie ein einziger Körper.

Diese plötzliche Erscheinung war wie ein Peitschenhieb: Fast alle Irren hoben den Kopf zum Himmel, und viele brachen, mit den Händen winkend, in Rufe und Schreie aus, als wollten sie die Vögel auf sich aufmerksam machen. Auch Fosco war von den Bewegungen am Himmel fasziniert, und nachdem er anfangs verwirrt den kreisenden Schwarm angestarrt hatte, sprang er abrupt von der Bank auf und begann, mit den Armen wie mit Flügeln zu schlagen, lief los, drehte sich um sich selbst und versuchte Muster nachzuahmen, die sich über seinem Kopf bildeten.

Als hätte er ihnen ein Zeichen gegeben, standen nun andere Irre von den Bänken auf und fingen an, über den Hof zu laufen, einen frenetischen Tanz improvisierend, einen Triumph der Konfusion und des Lärms. Alles rannte und hüpfte, imitierte den Flug der Vögel mit Geschrei und Geheul, ohne sich um die Rufe der Aufseher zu kümmern, die versuchten, diesem Tohuwabohu Einhalt zu gebieten.

Beniamino war unschlüssig stehengeblieben. Sollte auch er loslaufen, um das Durcheinander zu bändigen, oder lieber abwarten, bis der Aufruhr sich von selbst legte? Im Grunde seines Herzens war auch er von diesem Tanz fasziniert, diesem Energieausbruch, der die Anstalt schlagartig aus ihrem gewohnten Dämmerzustand gerissen und belebt hatte. Es war ein ebenso hinreißendes wie schreckliches Schauspiel aus unkoordinierten Schritten, übertrieben theatralischen Gesten, Abläufen ohne Sinn, alles in allem ein getreues Spiegelbild der verzerrten Gedankengänge dieser Geister, ihrer zusammenhanglosen Reden, ihres Schreiens und Verstummens, ihrer Obsessionen und Ängste. Ein Aufeinanderprallen plumper Körper, eine Kakophonie aus Tönen, die gleichwohl in ihrem aberwitzigen Zusammenklang ihre eigene Vernunft und eine Art Würde zu besitzen schien. Fast eine Art Schönheit. Für Beniamino bildeten daher eher die Rufe der Aufseher und die gellenden Schreie der Schwestern Misstöne in dieser chaotischen Perfektion, scharfe Messerklingen über einer Kruste aus scheinbar sinnlos zusammengewürfelten Farben.

Das dachte Beniamino, als er dem Flug der Verrückten zuschaute, und fast schämte er sich dieser Gedanken, als würden sie ihn unerlaubterweise von der Verpflichtung befreien, für die er bezahlt wurde und der seine Kollegen gerade nachzukommen versuchten, während er sitzen blieb, um wie im Theater einen Tanz zu bewundern.

Also hatte er sich, da er ein Schuldgefühl in sich aufsteigen spürte, schon von der Bank erhoben, als die Hand des Mannes, der neben ihm saß, ihn zurückhielt: »Lassen Sie diese Menschen gewähren«, sagte er. »Lava, die aus einem

Vulkan strömt, hält man besser nicht auf. Es genügt, die Kontrolle zu behalten, aufzupassen, dass nichts überläuft, zu warten, bis dieses Unwetter vorüberzieht.«

Dann hob auch er, geradeso wie die Verrückten, die Arme zum Himmel, wo der Schwarm noch immer kreiste. Er schwang sie, hob und senkte sie in Richtung der Vögel, und einen Augenblick lang kam er Beniamino wie ein Zauberer vor, der den Schwarm in eine bestimmte Richtung lenken konnte, wie ein Kind, das die Schnur eines Spielzeugdrachens, einer schnellen Flugzeugstaffel in Händen hielt, die nun tatsächlich, wie von den Bewegungen seiner Arme gelenkt, einen neuen Flugraum suchte.

Der Himmel leerte sich, und als wäre der Hof sein Spiegelbild, verließen auch die Verrückten nach und nach den Platz, um sich erschöpft in die übliche Apathie sinken zu lassen.

Der Mann blieb noch eine Weile stehen, blickte in den Himmel und wandte sich dann zu Beniamino um: »Ich bin jedenfalls Doktor Rattazzi«, sagte er, eine Hand ausstrekkend, »und habe just heute meinen Dienst in dieser Residenz angetreten.«

Er ließ seinen Blick über den Hof schweifen, als wollte er einen Gedanken überprüfen, der ihm durch den Kopf ging, dann stieß er hervor: »Denken Sie immer daran, die Vögel dort oben haben einen besseren Überblick als wir.«

Die Ankunft von Doktor Rattazzi brachte eine frische Brise in die abgestandene Luft, in der im Irrenhaus das Leiden wiedergekäut wurde. Keine großen Neuheiten, keine Revolution, nur eben dieses Gefühl, jemand habe ein Fenster halb geöffnet, durch das der leise Hauch einer frischen Brise eindringen konnte. Freilich konnte in dieser erstarrten Welt schon die bloße Möglichkeit von Veränderung wie ein gefährliches Attentat auf ein mühsam erreichtes und bewahrtes Gleichgewicht angesehen werden.

Doktor Rattazzi war zweifellos anders als die anderen Ärzte, denn er konnte ebenso entgegenkommend und jovial in den Beziehungen zum Personal wie skrupulös und unnachgiebig bei jeder Nachlässigkeit und Verfehlung gegenüber den Patienten sein. Besonders die Aufseher und Schwestern taten sich schwer, seine ständige Anwesenheit auf den Stationen zu verstehen und zu akzeptieren, sein Verlangen, die Krankengeschichten der Verrückten genau kennenzulernen, seine fast schon manische Aufmerksamkeit für die Verhaltensweisen dieser dahindriftenden Boote.

Es war, als wollte er damit seinen eisernen Willen bekunden, nicht vor dem zu kapitulieren, was für fast alle, einschließlich der Ärzte, eine offenkundige Tatsache war: die übermenschliche Gewalt des Wahnsinns, der diese Seelen quälte, seine noch fast völlig rätselhafte Natur, die schwer zu verstehen und zu bewältigen war.

Was an diesem Arzt am meisten irritierte, war seine Nähe zum Leiden, eine Art mitfühlender Teilhabe, die sich durch sein unablässiges Fragen zeigte, sein Bemühen, mit den grimassierenden Mündern zu sprechen, seinen Willen, mit den erloschenen Augen Blickkontakt aufzunehmen, seine Gespräche über die Inhalte ihre Träume und das Notieren bestimmter Vorfälle.

Ein solches Verhalten war eine empfindliche Störung der Gewohnheiten dieser Irrenanstalt einer Kleinstadt in der Provinz, die auch prompt begann, ihren Frieden mit der alten Waffe böser Nachrede zu verteidigen. Und so machten alsbald Geschichten über Rattazzi die Runde. Seine vorhergehenden Anstellungen seien stets von Auseinandersetzungen mit den anderen Ärzten, von eigenwilligen und kläglich gescheiterten Heilversuchen geprägt gewesen, und seine jetzige Tätigkeit sei die Strafe für erwiesene Unfähigkeit.

Mit diesem Spinnennetz aus Worten wehrte das Immunsystem der Gemeinschaft sich erfolgreich gegen den Eindringling, und binnen weniger Monate gelang es, ihn zu isolieren wie ein nicht zum Gemeinschaftskörper gehörendes Bakterium. Rattazzi wurde zu guter Letzt als eine bizarre Laune der Anstalt, als ein Farbtupfer angesehen, der, wenn man ihm nicht zuviel Präsenz gestattete, mit dem gedämpften Tonus der Gewohnheit durchaus hätte friedlich zusammenleben können.

Darin waren Rattazzis Ärztekollegen nämlich Meister, allen voran Professor Tiziani: immer darauf bedacht, sich nicht zu weit auf neue Perspektiven einzulassen, jedwede Neuerung zu vermeiden, die diese in vielen Jahren geschaffene Oase der Ruhe gefährden konnte.

Ohnehin kam fast alles gedämpft, abgemildert in diesem Winkel der Provinz an, sogar das Geschrei mit dem der Duce auf den schicksalsträchtigen Hügeln Roms die Wiedererstehung des Römischen Reiches ausgerufen hatte. Und ebenfalls aus Rom kamen die Forschungsarbeiten zweier Professoren, die eine höchst moderne, revolutionäre Therapie zur Behandlung von schizophrenen Patienten entwickelt hatten, einen Apparat und eine Reihe Elektroden, die Elektrizität durch das Gehirn der Verrückten fließen lassen sollten.

Tiziani war dort gewesen, in der Poliklinik von Rom, um sich dieses Wunderding anzusehen, und hatte den Kollegen dann von der »Elektrokonvulsionstherapie« berichtet, die zwar unerfreulich anzusehen und anzuwenden sei, wie er sagte, doch nach den ersten Ergebnissen zu urteilen ein unfehlbares Heilmittel, um mit Hilfe von stimulierenden Konvulsionen den verheerenden Auswirkungen der Schizophrenie Einhalt zu gebieten.

Die Frage war nun allerdings, ob man sich in dieses Experiment stürzen und sich, im Einklang mit dem, was das Regime predigte, als Pioniere der Forschung zum Wohle der Menschheit gerieren oder ob man nicht lieber geduldig neue Ergebnisse abwarten sollte, ohne das prekäre Gleichgewicht zu gefährden, das mit viel Mühe in jahrelanger Arbeit errichtet worden war. In diesem Zwiespalt gefangen, ließen die Ärzte der Irrenanstalt die Zeit verstreichen, verlangsamten ihren Lauf mit gründlichen Überlegungen, mit langen, heiklen Diskussionen, die verwickelt genug waren, um den Aufschub jeder Entscheidung zu rechtfertigen.

Doktor Rattazzi nahm an diesem Spiel nicht teil, er war

sogar froh über seine Ausgrenzung aus dem Leben der Irrenanstalt, die er sich mit seiner Exzentrik eingehandelt hatte. Er nutzte sie, um ungestört die Verrückten zu beobachten und irgendwelche Bemerkungen in seinen Heften zu notieren.

Beniamino schloss sich der Ächtung Rattazzis durch die Gemeinschaft nicht an. Im Gegenteil, insgeheim verspürte er sogar Zorn angesichts der Gleichgültigkeit, mit der dieser Arzt auf die Respektlosigkeit reagierte, die seine Kollegen ihm bezeigten, auf die ironischen Bemerkungen der Aufseher, auf die allgemeine Trägheit, die ihn umgab. Beniamino mochte Rattazzi, er war ihm sympathisch, flößte ihm Vertrauen ein, und mit seiner Liebenswürdigkeit erinnerte er ihn in mancher Hinsicht an Ignazio, darum hätte er gerne mehr Wertschätzung um ihn herum gesehen. In gewisser Weise fühlte er sich ihm seelenverwandt, denn obwohl er vom ersten Arbeitstag an versucht hatte, sich den Gepflogenheiten und Erfordernissen dieses Ortes entsprechend zu verhalten, hatte er sich mit seinen Kollegen und den Schwestern doch nie im Einklang gefühlt, und die Ärzte waren sogar immer eine eiskalte, unerreichbare Galaxie gewesen.

Rattazzi aber war da, war gegenwärtig und nah. Und wenn Beniamino Fosco zu einer Bank im Hof führte, setzte er sich manchmal zu ihnen wie beim erstenmal, als sie einander kennengelernt hatten, und dann zupfte er wieder, ohne ein Wort zu sagen, ein paar Rosenblätter ab, um ihr Kinderspiel zu wiederholen, als wäre es ein Kapitel aus einem Familienlexikon.

Wenn sie dann so zu dritt schweigend dasaßen, um die Blütenblätter zu zerreiben und daran zu riechen, spürte

Beniamino das Geheimnis einer verborgenen Sprache, wie etwas, was nicht explizit gesagt wurde, aber eine Mitteilung war und sie verband. In dieser Verbindung, die sich im unbeweglichen Mittelpunkt des Irrenhauses entfaltete, gab es die scharfen sozialen Unterscheidungen nicht, mit denen die Klinikordnung die Krankheit im Zaum halten wollte. Jeder der drei zeigte, indem er an diesem Spiel teilnahm, dass ihm etwas fehlte, und während der kurzen Zeit, in der sich der Duft der Blütenblätter ringsumher verbreitete, saßen auf dieser Bank kein Arzt, kein Irrer und kein Aufseher, sondern drei Menschen mit ihren Zweifeln und Fragen.

Wahrscheinlich entstand so ihre Freundschaft. Durch diesen wortlosen Dialog zwischen den verzweifelten Zwangshandlungen des Albatros, den Unsicherheiten Beniaminos und den fehlgeschlagenen Bemühungen des Doktor Rattazzi. Keiner der drei wusste es so genau. Sie spürten nur, dass diese Nähe ein Augenblick zum Atemholen sein konnte in der stickigen Luft, die sie, zäh wie Melasse, umgab. Sie ahnten, dass ihre stillschweigende Gemeinsamkeit ihnen Erleichterung von etwas verschaffte, für das es keinen sicheren Trost geben konnte. Nur Hoffnung.

Italien wurde unterdessen von ganz anderen Hoffnungen in Aufruhr versetzt. Der Diktator hatte den Krieg angekündigt, als er von einem Balkon zu der jubelnden Menge schrie. Diese Verheißung zukünftigen Unglücks wurde mit lautem Lachen und Freudenschreien wie auf einem Dorffest aufgenommen. Zudem hatte die Propaganda des Regimes überall die Vorstellung verbreitet, dass es sich um eine blitzschnelle Aktion handeln würde, fast wie ein einziger, rascher Streich mit dem Rasiermesser, kurz, um ein einfaches Rezept, mit dem sich schnell ein schmackhaftes Gericht zubereiten ließ, zum günstigen Preis von höchstens einer Handvoll Toter für den Ruhm des Vaterlands.

Die ersten Monate der Kampfhandlungen wurden getragen von der Vorfreude auf einen Sieg, der garantiert und selbstverständlich erschien. Die Frontlinien, wo sich eventuell ein paar unangenehme Todesfälle ereignen konnten, waren Lichtjahre entfernt, und ihre Realität zeigte sich nur am Aufbruch junger Soldaten, der das friedliche Leben in der Provinz um ein paar Dutzend laute Stimmen ärmer machte.

Beniamino für seinen Teil hatte sich nie anstecken lassen von der Begeisterung über etwas, was Doktor Rattazzi ihm gegenüber mehrmals als ein bloßes Gemetzel bezeichnet hatte.

»Denk immer daran«, sagte er, wenn das Thema aufkam, »der Krieg gehorcht nur dem Todestrieb, und der ist der schärfste Gegensatz zu allem, was dem Leben dient. Dieser Trieb entfesselt meist das Schlechteste, das wir in uns verborgen halten, und, glaub mir, verglichen mit diesem Schlechtesten ist noch der grässlichste Alptraum ein Spaziergang, *A la guerre comme à la guerre* ist ein Sprichwort, bei dem es mir kalt den Rücken hinunterläuft«, schloss er dann jedesmal.

Beniamino verstand auch die Aufregung des größten Teils seiner Freunde nicht, die im Aufbruch an die Front eine Gelegenheit zu heroischen Taten sahen. Seine Arbeit hatte ihn gelehrt, dass es ganz andere Bedürfnisse, andere Notwendigkeiten gab. Zum Beispiel die Krankheit, die ihn jeden Tag umgab, dachte er, ja, die könnte Gelegenheit zum Heldentum geben – wenn es gelang, das verwickelte Knäuel des Gehirns eines Irren aufzudröseln, in einen dieser Köpfe zu greifen und endlich den Keim herauszureißen, der die Gedanken faulen ließ, die Körper erschütterte, den Kranken das Leben zur Hölle machte.

Darum hatte Beniamino auch begonnen, die Grätsche, die ihm das Bein gebrochen hatte, in einem anderen Licht zu sehen. Der Castellucci, der jetzt keck an die Front marschierte, hatte ihm zusammen mit dem quälenden hüftlahmen Gang auch die Befreiung vom Wehrdienst geschenkt.

Außerdem stand Beniamino schon an seiner eigenen Front: sie verlief zwischen den Mauern des Irrenhauses, dem unergründlichen Himmel von Professor Cavani und der Finsternis, in die Fosco gesaugt wurde.

Eines Morgens war der Junge umnachtet von bösen Träumen und Eindrücken aufgewacht. An diesem Tag beherrschte die Krankheit ihn ganz und gar. Sie hatte in ihm jede Sicherheit, jeden Bezugspunkt ausgelöscht. Er besaß keinen Namen mehr, keinen Körper mehr, nichts erkannte er wieder außer dem metallischen Geruch der Angst, die ihn von innen auffraß. Starr vor Entsetzen blieb er im Bett liegen, in kurzen Abständen von einem erbarmungswürdigen Zittern geschüttelt.

Als Beniamino ihn in diesem Zustand sah, hatte er darauf bestanden, ein Weilchen bei ihm bleiben zu dürfen, und deshalb mit Bruno gestritten, einem Aufseher, der Fosco sofort die Riemen anlegen und nach unten gehen wollte, um andere Arbeiten zu erledigen. Erregte Vorwürfe flogen hin und her, die Stimmen wurden lauter, und erst das Eintreffen von Doktor Rattazzi setzte dem Streit ein Ende.

Unterdessen spürte Fosco in seinem Inneren eine ungeheure Leere, in der ein sehr starkes Feuer brannte. Aber es war ein eisiges, dunkles Feuer, schwarz wie Pech und schwer wie Marmor, etwas, was sich auf seinen Brustkorb gesetzt hatte und ihm den Atem nahm, ihn am Sprechen hinderte. In dieser Finsternis war niemand, der ihm helfen konnte. Er erinnerte sich an kein einziges Gesicht, keinen Namen. Er sah nur das Feuer, das alles verbrannte, und den Abgrund, in den alles stürzte.

Mitten in dieser Einöde aus Düsternis hörte Fosco weit entfernt eine Stimme. Mühsam öffnete er die Augen, sah Beniamino und Doktor Rattazzi, und wahrscheinlich brachte dieser Anblick ihn zu dem vertrauten Spiel mit den Blütenblättern zurück, das ihm so gefiel.

Beniamino hielt Foscos Arme fest. Mit seinen geschlossenen Augen, den zusammengepressten Lippen und dem Zittern, das ihn fortwährend schüttelte, erschien dieser arme Junge wirklich wie ein Wrack in der Gewalt einer gigantischen Welle. Beniamino hielt ihn fest und dachte an eine Zeit zurück, als seine kleine Schwester so starke Fieberkrämpfe hatte, dass Elemira schon fürchtete, sie müsse sterben wie ihr Vater Antonio. Beniamino hatte die ganze Nacht bei Mara gesessen und über das Zittern gewacht, das die arme Kleine am ganzen Körper schüttelte, bis er gegen Morgen, von Müdigkeit und Verzweiflung übermannt, in einen Halbschlaf gefallen war und geträumt hatte, er könne die Krankheit besiegen, indem er sie zum besten hielt und Mara mit den Spielen ablenkte, mit denen die Geschwister sich oft im Garten amüsierten.

Er hatte seiner Schwester in die Augen geblickt, und während er leise ihren Namen rief, hatte er begonnen, mit den Augen zu rollen und Grimassen zu schneiden.

Mara, vielleicht von dem vertrauten Klang seiner Stimme angelockt, hatte die Augen geöffnet und das von Grimassen verzerrte Gesicht ihres Bruders erblickt. Und wie sie es beim Spielen tat, hatte sie gelächelt und Beniaminos Fratzen erwidert, indem sie ihm die Zunge herausstreckte, für ihn ein deutliches Zeichen, dass seine Schwester ins Leben zurückgekehrt war.

Und so versuchte Beniamino, ohne recht zu wissen warum, an diesem Morgen, an dem Fosco sich in seiner finsteren Ödnis verirrt hatte, den verzerrten Gesichtsausdruck des gepeinigten Jungen zu imitieren. Als dieser plötzlich die Augen aufschlug, weil er die Stimme von Doktor Rattazzi gehört hatte, der ihn ansprach, sah er das von Fratzen entstellte Gesicht seines Aufsehers vor sich.

Zunächst blieb alles in der Schwebe. Die Blicke der beiden verknoteten sich für lange Zeit, aber Beniamino hatte das deutliche Gefühl, dass es ihm gelungen war, den Albatros irgendwie zu ergreifen, so wie ein Retter jemanden am Arm packen würde, der in einem Wasserstrudel zu ertrinken droht. Von diesem Zugriff ermutigt, fuhr er mit seinem Spiel fort, steigerte es fast bis zur Provokation: Er kam seinem Gegenüber sehr nahe, streckte den Kopf vor und wieder zurück und verzog das Gesicht noch stärker zu einer lächerlichen Mimik, die die gequälten Züge des Patienten nachahmte.

Und als wäre er just auf diese Weise wieder an die Oberfläche der Wirklichkeit zurückgebracht worden, schaute Fosco sich nun aufmerksamer um. Er sah den leeren

Schlafsaal, durch dessen große Fenster die Sonne drang, hörte das Grunzen und Zischen Beniaminos, der das Gesicht zu immer neuen Grimassen verzog. Noch zog das Dunkel in Foscos Inneren mit dem wütenden Strömen seiner Wasser ihn mächtig an. Auf der einen Seite war die Schwärze des Abgrunds, auf der anderen das Licht und die Faxen seines Aufsehers, die nach ihm riefen. Da seufzte Fosco tief auf, stellte sich am Ufer des reißenden Flusses auf die Füße und hielt sich an diesen Grimassen fest. Er streckte die Zunge heraus, verzog die Lippen, riss die Augen auf und stieß schließlich einen Schrei aus, den er durch den Saal hallen, an Wänden und Betten abprallen und zu sich zurückkehren hörte, als würde er ihn umarmen. Bestärkt durch diese Umarmung, antwortete er noch eifriger mit Fratzen auf die Mimik seines Aufsehers und stieß weiter seine befreienden Schreie aus, bis sie die Leere des Schlafsaals endlich zu füllen begannen.

Das Echo der Schreie, mit denen Fosco an jenem Morgen an die Oberfläche der Wirklichkeit zurückkehrte, prägte sich Beniamino unauslöschlich ein. Es war, als hätte er durch dieses unfreiwillige Spiel eine Art Tür zu den Himmeln entdeckt, an denen sein Albatros Flugversuche machte, unordentliche, unbeholfene Versuche, genau wie der hinkende Gang, den der Castellucci ihm verpasst hatte. Jenes unbestimmte, mysteriöse Gefühl, das Beniamino immer verspürt hatte, wenn er die Irren von seinem Garten aus beobachtete, fand in seiner ungewöhnlichen Beziehung zu Fosco eine Möglichkeit, sich zu entfalten, zu etwas noch nicht ganz Klarem, aber Konkretem und Realem zu werden. Und dass es konkret war, wurde ihm von dem Interesse bestätigt, das Doktor Rattazzi an jenen Ereignissen im Schlafsaal bekundete.

Rattazzi hatte beeindruckt, wie es Beniamino gelungen war, mit Fosco in seiner Verzweiflung Kontakt aufzunehmen, denn es sei ein Beweis dafür, sagte er Beniamino in seinem ein wenig geheimnisvollen Tonfall, dass wir zu oft versäumen, Gefühl und Phantasie zu gebrauchen, um an Orte vorzudringen, die uns Angst einflößen, vor denen wir uns mit dem Schild der Wissenschaft und der Vernunft schützen.

Beniamino verstand nicht ganz, was das bedeuten sollte, und nahm diese Bemerkung ein bisschen so auf wie die Verse von Professor Cavani, etwas Poetisches, das eine unklare Idee begleitete. Doch der Eindruck, dass es ihm gelungen war, Fosco beizustehen, war deutlich, und er machte Beniamino froh und zufrieden.

Dieses Gefühl gab seiner Arbeit Würze, es verlieh dem sklavisch genau geregelten, eingespielten Ablauf der täglichen Verpflichtungen vom Bettenmachen, Putzen und Aufräumen der Räume bis zur Überwachung der Patienten und der Essensausgabe einen Sinn.

Beniamino wurde wissbegierig wie ein Reisender, der in ein fremdes Land kommt und versucht, seine Lebensformen, seine Architektur und seine Sprache zu verstehen. Wann immer er sich der Tyrannei seiner Pflichten entziehen konnte, setzte er sich neben einen der Irren, um seinen starren Blick, das fortwährende Wackeln des Kopfes oder das Zittern des Mundes zu beobachten, als suchte er darin einen Zugang, um endlich die Verzweiflung erkunden zu können, die sich hinter dieser schauderhaften Kruste verbarg.

Und so kam es, dass er nun, so wie er als Kind gegen Aidas Vorhaltungen oder die mahnenden Rufe seiner Mutter hatte ankämpfen müssen, in der Anstalt dem Tadel der Schwestern oder Kollegen trotzen musste, die in seinem Verhalten etwas Abseitiges sahen, überdies an einem Ort, wo es ihrer Meinung nach schon viel zuviel Abseitiges gab.

Beniamino aber, beflügelt von seiner Neugierde, verzichtete nicht darauf, mit Professor Cavani spazierenzugehen, begleitet von Homer und der Angst vor den Göttern, und Fosco so lange in seine Abgründe aus Schweigen zu folgen, bis der Albatros ihn bemerkte und mit einem Lächeln oder einem Wort für Beniamino an die Oberfläche zurückkehrte.

Auf diese Weise veränderte sich Beniaminos Leben und entfernte sich von dem Häuschen, das doch direkt an den Hof der Irren grenzte. Vielleicht lag es aber auch gerade an dieser Nähe, dass sein Dasein ihm nunmehr vollkommen vom Raum der Irrenanstalt umschlossen schien und auch das Haus, wo er geboren und aufgewachsen war, ein Teil dieses Raumes wurde.

Elemira war darüber nicht wenig betrübt, denn die Anstellung ihres Sohnes hatte zwar die drückendsten finanziellen Probleme gelöst, aber was sollte sie mit einem Jungen anfangen, der mittlerweile fast gar nicht mehr am Familienleben teilnahm und weit über seine Arbeitszeit hinaus vom Kontakt mit diesen verlorenen Seelen hinter dem Gitter absorbiert wurde? Sie sah Ignazios verstaubtes, verwahrlostes Warenlager, und ein Kloß aus Wehmut, vermischt mit Schuldgefühlen, verschloss ihr die Kehle. Und jedesmal wenn sie sich um die Kaninchen kümmerte, hörte sie laut und deutlich, als wären sie eben ausgesprochen worden, im Geist die letzten Worte ihres Mannes, bevor der Tod ihn einen Augenblick später an den Küchenstuhl nagelte. Wenn es nach ihr gegangen wäre, hätte sie die Türen dieser Käfige längst geöffnet und die Kaninchen über die Wiese laufen lassen, damit sie sich selbst ihr Gras suchten und ihr eine Arbeit ersparten, die sie nur auf sich nahm, um den letzten Wunsch ihres Mannes zu erfüllen.

Während sie ihre Tiere versorgte, sah sie ihren Sohn zusammen mit den Verrückten auf der anderen Seite des Gartens und sah Aida in irgendwelche Fernen starrend am Gitterzaun sitzen, und dann packte sie ein Gefühl der Einsamkeit, umklammerte sie und drückte sie so fest, wie es nicht einmal Ignazio getan hatte. Elemira fühlte sich verlassen, sie spürte eine Leere in ihrem Inneren, die sie gerne mit Tränen gefüllt hätte, um die Erinnerungen und Versprechen, die Liebe zu ihren Kindern und das Gespenst eines Mannes, das sie noch immer an alles fesselte, was ihr aufs Herz drückte wie ein Mühlstein, ein für allemal zum Teufel zu jagen. Manchmal sah sie sich verirrt, auf einem schmalen Gebirgsgrat taumelnd, aufgehängt am Haken einer Vernunft, die sie zwang, sauberzumachen, Aida zu umsorgen und Mara aufzumuntern, die verfluchten Kaninchen zu füttern und weiterhin zu hoffen, dass Beniamino endlich sein Studium abschloss. Und so begann Elemira, gleich einer Feder, die darauf wartet, dass ein Windhauch sie davonträgt, die Verrückten zu beneiden, sich nach ihrem Wahnsinn zu sehnen wie nach einer dunklen Höhle, in die man sich zurückziehen kann, um auszuruhen, wo man seine Gedanken ziellos umherschweifen und den Mund nur ein einziges Wort sagen lassen kann, wo sie weit weg von allem war, was ihr Leben an dieses Haus fesselte.

Doch eine Stimme von der Straße genügte, Mara, die nach ihr rief, oder ein Kochtopf, den sie auf dem Feuer stehengelassen hatte, und schon kehrte sie in die Wirklichkeit zurück. Neben den Käfigen, wenige Meter von dem Hof entfernt, wo Beniamino über die Verzweiflung der Verrückten wachte, sah sie die verzerrten Gesichter, die unkontrollierten Bewegungen und die starren Blicke, hörte die Schreie, die die Luft erschütterten. Dann machte sie, als wäre sie plötzlich erwacht, rasch ein Kreuzzeichen und bat Gott und die Madonna um Vergebung für solch schamlos sündige Gedanken. Flüsternd dankte sie Gott und fuhr fort, die Käfige zu säubern, Stoßgebete der Reue und des Bedauerns murmelnd, die sie unendlich oft wiederholte wie die obsessiven Litaneien der Verrückten, und bat zuletzt um die Gnade, dass der Sohn endlich promovieren, die Tochter gesund bleiben und einen anständigen Jungen finden möge, ehrlich und fleißig wie Ignazio, und dass der Tod sich bald und ohne grausam zu wüten den Körper Aidas holte, da ihre Seele sich sowieso schon seit geraumer Zeit wer weiß wohin verirrt hatte.

Also schnitt Elemira weiterhin Gras für die Kaninchen, versuchte die ungereimten Reden ihrer alten Mutter zu verstehen, beschützte Mara, die als Waise aufwachsen musste, und hoffte, dass das Irrenhaus ihr den Sohn zurückgeben würde, oder dass er zumindest das Studium beendete und sie für den Schmerz entschädigte, den das Leben ihr zugedacht hatte, nachdem Ignazio mit seiner Liebe verschwunden war.

Beniamino sollte unterdessen buchstäblich auf die Liebe stoßen, als er eines Tages gegen Marcella Bini prallte, die Küchenhilfe, die mit dem Brotwagen auf ihn zukam. Er versuchte gerade, so schnell er mit seinem Hinkebein konnte, zum Schlafsaal zu laufen, wohin die Oberschwester ihn wegen einer dringenden Aufgabe gerufen hatte, und ganz auf sein unsicheres Laufen konzentriert, konnte er nicht rechtzeitig anhalten, um den Zusammenstoß mit Marcella zu vermeiden, die aus der entgegengesetzten Richtung auf die Stelle zukam, wo die Küchenräume vom Flur abzweigten. Der Aufprall war heftig und komisch zugleich: Der Junge landete, mit den Beinen zappelnd, auf dem Boden, zusammen mit Dutzenden von Brötchen, die in alle Richtungen davonrollten. Marcella sah ihren Kollegen am Boden und erschrak, weil sie dachte, der Stoß hätte dem lahmen Bein womöglich weiteren Schaden zugefügt.

»Mein Gott, was für ein Missgeschick«, stammelte sie und beeilte sich, ihm eine Hand zu reichen, »haben Sie sich weh getan?«

Diese Besorgnis ärgerte Beniamino sehr. Ihn störte sogar der hohe Ton in der Stimme des Mädchens, das sich bückte, um ihm zu helfen. Seine Behinderung erzeugte in ihm ein Gefühl der Minderwertigkeit, und vor einer Frau hätte er ein Unrecht oder einen Schaden, der ihn in ihren Augen schmälerte, schon gar nicht zugegeben. Also reagierte er auf die schlechtmöglichste Weise und sehr unhöflich.

»Es würde mir bessergehen, wenn Sie aufpassten, wo Sie Ihre Füße hinsetzen«, sagte er, den hohen Tonfall der weiblichen Stimme imitierend, während er die ihm gereichte Hand brüsk beiseite schob.

Marcella war bestürzt über eine so rüpelhafte Reaktion von seiten eines Menschen, den sie immer für wohlerzogen und höflich gehalten hatte.

Obendrein lief Beniamino nun, nachdem er eilig aufgestanden war, hinkend zwischen den am Boden verstreuten Brötchen davon, ohne das arme Mädchen eines Grußes zu würdigen, das beschämt, ein Gewirr unangenehmer Gedanken im Kopf, vor einem Haufen Brötchen zurückblieb, die aufgesammelt und gesäubert werden mussten.

Erst später, nachdem eine gute Spanne Zeit verstrichen war, erkannte Beniamino, dass er wie ein Flegel reagiert hatte, und eine glühende Scham überkam ihn. Er kannte Marcella vom Sehen, und ein paarmal hatten sie auch einige Worte gewechselt, die mit der Arbeit zusammenhingen. Außerdem war sie erst vor kurzem eingestellt worden, es wäre also auf jeden Fall geboten gewesen, ihr zu helfen.

Vor allem aber gefiel ihm Marcella. Sie war klein und zart, aber sie strahlte Energie und eine positive Kraft aus, von der ihr offener, fast immer lächelnder Blick und ihre freundliche Art zeugten. Das Gefühl, etwas Abscheuliches getan zu haben, verließ Beniamino während der ganzen restlichen Arbeitsschicht nicht, also beschloss er, diese Qual sofort zu beseitigen, nicht nur weil sie ihm lästig war, sondern auch, um den begangenen Fehler wiedergutzumachen.

Er wusste, dass Marcella die Tochter eines Müllers war und mit dem Fahrrad von der Mühle weit hinter den Bahngleisen, wo sie mit ihrer Familie wohnte, zur Arbeit fuhr. Also beeilte er sich auf dem Nachhauseweg, um mit ihr sprechen zu können. Er sah sie, als sie schon die abschüssige Straße zum Bahnhof hinunterfuhr, rief ihren Namen und beeilte sich, um sie einzuholen.

Die steil abfallende Straße, der glatte Porphyr, sein lahmes Bein, vielleicht aber auch nur eine Laune des Schicksals wollten, dass dieser Lauf wieder mit einem Sturz endete. Das Mädchen sah Beniamino neben seinem Fahrrad am Boden liegen und unterdrückte ihre Befürchtungen, die am Morgen bei ihm jene Reaktion ausgelöst hatten. Jedenfalls gewann der Groll sofort die Oberhand über jede Angst und verwandelte sich in eine spitze Bemerkung: »Ich sehe, dass Sie nicht nur ein Rüpel sind, sondern auch ein Rüpel, der sich nicht auf den Beinen halten kann.«

Beniamino, auf der Straße sitzend, hob die Arme zum

Zeichen seiner Ergebung. »Ich wollte mich gerade für vorhin entschuldigen. Ich bin wirklich ein Flegel gewesen. Hoffentlich können Sie mir verzeihen.«

Zur Antwort erhielt er nur zusammengepresste Lippen und eine finstere Miene. Der Blick des Mädchens war streng, zwei blaue Augen bohrten sich in Beniaminos Augen wie zwei Messerklingen, drangen in ihn ein und fuhren ihm schmerzhaft in die Magengegend, so dass die Last der Reue, die er in den vergangenen Stunden mit sich herumgeschleppt hatte, ihn durchströmte wie eine bleierne Flüssigkeit, die ihm den Atem nahm. Beniamino konnte nicht sprechen, ein Gefühl, so stark, wie er noch keines verspürt hatte, schnürte ihm die Luft ab. Auf dem Straßenpflaster fühlte er sich wie ein Ertrinkender, und dennoch wäre er gerne noch lang in diesem Meer den Wellen ausgeliefert geblieben.

Es war Marcella, die ihn herauszog. Vom Fahrrad aus betrachtete sie den Jungen zu ihren Füßen, und ihr Blick war noch immer hart vor Zorn, dem Zorn über seine ungehobelte Antwort, über die Demütigung, die er ihr auf dem Flur zugefügt hatte, als er sie mit der Unordnung allein ließ, die beseitigt werden musste, und mit der Standpauke der Schwester Oberin, die sie einstecken musste. Ihr erster Impuls war, ihn einfach sitzen zu lassen, diesen Hampelmann, sollte er sich doch mit der Stille vergnügen, in der sie ihn zurücklassen würde, von wegen Entschuldigungen!

Doch dann sah sie ihn dort unten sitzen, die Arme ausgebreitet, das Gesicht puterrot. Einen Moment lang schien ihr, er könnte kaum mehr atmen und ein Zittern liefe über seinen halbgeöffneten Mund, als müsste er nach Luft ringen. Plötzlich sah sie, als flöge sie hoch oben am Himmel wie einer der Vögel, die Fosco glücklich machten, sich selbst und Beniamino auf der Straße und das Irrenhaus mit dem Hof, wo die Leben der verlorenen Seelen langsam verfaulten, mitten in der kleinen Stadt, um die sich die Welt drehte, und aus dieser Perspektive fühlte sie sich wie ein winziger, unbedeutender Punkt, verhärtet von einem Groll, den sie nicht mehr verspüren wollte.

»Wenigstens müssen diesmal nicht Dutzende Brötchen aufgehoben werden«, sagte sie, während sie Beniamino die Hand reichte, und er ließ sich helfen, während er versuchte, die Erregung hinunterzuschlucken, die ihm das Sprechen verwehrte.

»Wenn Sie erlauben, möchte ich Sie ein Stück Wegs begleiten«, stieß er mühsam hervor.

»Gerne, wenn Sie mir versprechen, nicht noch einmal hinzufallen«, antwortete Marcella lächelnd und schlug den Weg zur Mühle ein, zusammen mit Beniamino und der Liebe, die beide schon am Arm hielt.

Tatsächlich stand Beniamino am nächsten Morgen früher auf als gewöhnlich, ging zum Bahnhof hinunter und wartete auf Marcellas Fahrrad, und das tat er von nun an jeden Tag, bis der Krieg die beiden zwang, ihre Gewohnheiten zu ändern.

Zu den Gewohnheiten ihrer Liebe gehörte, außer den Küssen und Liebkosungen, das starke Mitgefühl, das beide mit dem Leiden an ihrem Arbeitsplatz empfanden und miteinander teilten. Marcella verstörte das abstoßende Gesicht des Wahnsinns, und auch wenn ihre Tätigkeit sich meist auf die Küchenräume beschränkte, rührte sie das Wissen um die Qualen in ihrer Umgebung. Vielleicht war diese Sensibilität einer der Gründe, warum sie sich in Beniamino verliebte, denn sie spürte und sah in ihm die gleiche Betroffenheit, und sie ahnte, dass er die Gespenster in ihren langen Hemden darum so zartfühlend und respektvoll behandelte, ohne sich durch Gleichgültigkeit, wenn nicht gar Grobheit, vor ihnen zu schützen wie die meisten ihrer Kollegen.

In ihren Gesprächen gab Marcella ihm, wie Liebende es zu tun pflegen, einen zärtlichen Spitznamen, sie nannte ihn »Dottore«, um ihm den Titel zu verleihen, den er ihrer Meinung nach ohnehin besaß, weil er seine Arbeit so hingebungsvoll tat, weil er in das Dunkel eintreten wollte, das sie ängstigte und damit auch ihre eigene Verstörung ein wenig linderte.

Doch sie war nicht die erste, die Beniamino »Dottore« nannte, sondern Moraschi, ein Faktotum des Irrenhauses. Es war an einem Nachmittag gewesen, an dem die Dezemberkälte zubiss wie ein wildes Tier. Moraschi hatte seit Stunden Brennholz und Kohle für die Öfen abgeladen, war die Treppen zum Keller hinauf- und hinabgelaufen, und als er zum letztenmal schweißgebadet und erschöpft nach oben gestiegen war, hatte er auf dem Flur Beniamino angetroffen, Arm in Arm mit Professor Cavani, dem Alten lauschend, der Homer rezitierte.

Die Bürde seiner harten Arbeit lastete schwerer auf Moraschi als seine Jahre. Außer Atem vom Treppensteigen, verfluchte er, vor sich hin brummend, alle Heiligen, und als er plötzlich das friedliche Gesicht eines jungen Mannes vor sich sah, der durch die Flure spazierte, verfinsterte sich sein gewöhnlich heiteres Gemüt. Eine Spur Neid stieg ihm vom Magen bis zum Mund, wie wenn man nach einer schlecht verdauten Speise aufstößt. Als Freund von Ignazio kannte Moraschi die Umstände, die Beniamino zu dieser Stelle verholfen hatten, und genausogut wusste er über die Sorgen Bescheid, die ihm der fehlende Studienabschluss bereitete, der Titel, auf den die ganze Familie so großen Wert legte, als wäre er eine ungeheure Ehre. Moraschi hatte aufrichtig Mitleid empfunden, als er mitbekommen hatte, wie dem Jungen erst der Gang ruiniert und er dann durch den plötzlichen Tod des Vaters auf eine so harte Probe gestellt wurde. Doch noch bevor die Vernunft einschreiten und spontane Reaktionen bremsen konnte, hatte er jenes Wort schon ausgesprochen, in der Gewissheit, einen freiliegenden Nerv zu treffen, Beniamino zu verletzen und sich so zu rächen oder wenigstens für die schmutzige Trägerarbeit zu entschädigen, zu der seine Anstellung ihn zwang.

»Guten Abend, Dottore«, sagte er mit einer leichten Verbeugung, die Augen bereits gesenkt, um die Scham zu verbergen, die er wegen dieser hämischen Äußerung sofort empfand.

Beniamino blieb stehen: Er hatte Moraschis Anwesenheit nicht gleich bemerkt, und dieser ein wenig spöttische Gruß traf ihn. Denn er kam von einer vertrauten Stimme, einem Gesicht, das er oft in Gesellschaft seines Vaters hatte lachen und angeregt plaudern sehen, von dem er viele witzige Bemerkungen und bissige Kommentare über das Leben und die Welt gehört hatte.

Es war nur ein kurzer Augenblick, aber lang genug für Beniaminos Entscheidung, den Gruß als eine der häufigen ironischen Bemerkungen dieses Mannes aufzufassen und ihn entsprechend zu erwidern. Also dankte er lächelnd mit einer eleganten Handbewegung, wie um sich für eine übertriebene, eindeutig unaufrichtige Ehrerbietung erkenntlich zu zeigen.

Was wie eine Absolution seines Ausrutschers erscheinen mochte, minderte Moraschis Verlegenheit, verschaffte ihm Erleichterung vom Schuldgefühl für die begangene Unhöflichkeit und machte ihn so unbefangen, dass er von diesem Tag an, wie bei einem Spaß zwischen Freunden, den Jungen immer mit dem Titel »Dottore« grüßte, so dass dieses private, aus einer harmlosen Boshaftigkeit entstandene Spielchen, wie es in kleinen Gemeinschaften häufig geschieht, zu dem Spitznamen wurde, mit dem die Kollegen, die Schwestern und sogar die Patienten Beniamino fortan riefen.

Und da Worte fließen und ihr Lauf so schwer einzudämmen ist wie der des Wassers, glitt dieser Spitzname schon bald unter der Tür des Irrenhauses hindurch, überwand seine Umfriedungsmauern und machte seine Runde durch die Straßen und Plätze, um im Lauf der Jahre mit Beniaminos Namen verbunden zu bleiben und ihm so durch eine kleine Boshaftigkeit zurückzugeben, was die Bosheit des Schicksals ihm durch Castelluccis Fußtritt genommen hatte.

Größere Genugtuung noch als Beniamino empfand freilich Aida, die diesen Titel mit unverhohlener Freude akzeptierte und ihn von jedem boshaften oder satirischen Bezug reinigte. Und als der Nebel der Jahre alle Dinge für sie noch verschwommener und unklarer machte, blieb das Wort »Dottore« wie ein klar erkennbarer Punkt am Horizont stehen, strahlend, glänzend, ein Leuchtturm, der ihr Lächeln bis zu dem Tag erleuchtete, an dem der Tod sie mit sich nahm, weil sie glücklich war, mit ihrem mühevollen Leben dazu beigetragen zu haben, dass der Enkel einen so ruhmvollen Titel erwerben konnte.

Seit einiger Zeit hatte das Kriegsgeschehen eine entscheidende Wende genommen. Nach dem Frohlocken in den ersten Monaten über die ersten Siege, die sich allerdings eher der Stärke des deutschen Verbündeten als den Fähigkeiten eines Heeres aus Pappkameraden verdankten, war der Vormarsch zunächst zum Stillstand gekommen und hatte dann unter den Folgen eines Gegenangriffs gelitten, der sich nicht mehr nur in den Schlachten an der Front zeigte, sondern auch als spürbare Einschränkung der Versorgung mit Lebensmitteln und Waren, vor allem aber dadurch, dass nun der Tod vom Himmel kam.

Oft erst angekündigt, wenn sie den Menschen schon auf die Köpfe fielen, zerstörten die von den Flugzeugen abgeworfenen Bomben Häuser und Fabriken, Plätze, Kirchen und Straßen und töteten jene Unglücklichen, die keinen Schutz vor den herabregnenden Sprengkörpern hatten finden können.

Auch das Irrenhaus wurde nicht verschont: An einem heiteren Morgen, als seine Insassen schon im Hof waren, um ihre Gedanken spazierenzuführen, erfüllte plötzlich ein fernes Dröhnen die Luft. Dann erschien am Himmel über der Irrenanstalt ein Schwarm aus stählernen Vögeln, und viele Patienten begannen sofort mit dem gewohnten Ritual des Rufens und Winkens. Fosco setzte genau in dem Moment zu seinem entfesselten Tanz an, als die fliegenden Festungen ihre für den Bahnhof und die danebenliegende Motorenfabrik bestimmten Bomben abwarfen.

Beniamino erkannte sofort, was geschah, und zum erstenmal eilte er seinen Kollegen zu Hilfe, um die Herde der Irren in Sicherheit zu bringen.

Die mit großer Präzision abgeworfenen Bomben trafen ihre Ziele, doch zwei nahmen einen anderen Weg: eine zerstörte die alte Loggia an der Piazza, die andere schlug direkt vor der Irrenanstalt ein. Ein entsetzlicher Knall brachte die Luft zum Erzittern. Die Fensterscheiben zerbrachen, und viele der Patienten und Mitarbeiter wurden von dieser Garbe aus Glassplittern und glühendheißer Luft getroffen. Es gab zwar zum Glück keine Toten, doch zahlreiche Verletzte. Der erlittene Schock brachte die Gewohnheiten der Irren vollkommen durcheinander. Es war, als wäre mit der Gewalt der Explosion eine unheimliche Energie durch die Mauern des Irrenhauses gedrungen, die die Qual dieser armen Seelen und die Erregungszustände, unter denen viele von ihnen litten, verschlimmerte. Die meisten waren völlig orientierungslos, weil sie der vom Himmel kommenden Gewalt nichts entgegensetzen konnten. Von dieser Katastrophe blieben nur diejenigen verschont, die sich schon seit geraumer Zeit jedem Kontakt mit der Welt entfremdet hatten, deren Augen nichts sahen, deren Ohren nichts hörten, leere Hüllen eines Lebens, das sie nicht mehr bewusst besaßen.

Von diesem Tag an erschien das Irrenhaus wie ein verletzter Körper, die Risse in seinen Mauern waren wie tiefe Falten in der Haut, die zerstörten Fenster wie fehlende oder kariöse Zähne und seine Eingeweide, die verlorenen Seelen der Verrückten, wurden noch wirrer und verschlungener.

Angesichts der zunehmend schwerer zu kontrollierenden Lage beschlossen die versammelten Ärzte, schnellstens für die Evakuierung der Patienten zu sorgen und sie aufs Land zu bringen, an Orte, die mehr Ruhe boten. Mit sorgenvollem Blick und in ernstem Ton unterrichtete Professor Tiziani das Personal von dieser Entscheidung wie ein General, der seinen Truppen den traurigen Entschluss zum Rückzug verkündet. Natürlich war es ein Grund zur Erleichterung, dass man sich von den Zielen der Bombenangriffe entfernen würde, doch trotz dieser Vorstellung erschien es allen wie Feigheit, das mitten in der Stadt gelegene alte Gebäude aus Ziegelsteinen im Stich zu lassen, als würden sie einen versehrten Verwandten, dessen Wohl und Wehe sie lange in großer Vertrautheit geteilt hatten, nun seinem Schicksal überlassen.

Darum wunderte sich Beniamino, als er, von Doktor Rattazzi in sein Arbeitszimmer gerufen, diesen in einem Moment, in dem die Vorbereitungen für die Räumung einen Schleier des Trübsinns über alle legten, fröhlich und aufgeregt sah.

»Lieber Freund, dies ist einer der klassischen Fälle, in denen wir behaupten dürfen, dass nicht jedes Unglück Schaden anrichtet: die Evakuierung bedeutet eine große Chance für uns«, sagte der Doktor feierlich, als teilte er ihm eine bedeutende und überdies erfreuliche Wahrheit mit.

Doch seine Worte verwirrten Beniamino nur noch mehr. Welche Chancen konnten sich dieser Karawane aus Unglücklichen durch ihren Auszug aufs Land denn schon bieten? Das verstand er wahrhaftig nicht. Gewiss, sie würden der Gefahr der Bombenangriffe entgehen, der Erschütterung, die jede Explosion in ihrem ruhigen Alltag anrichtete, aber andere Vorteile sah er nicht. Vielmehr beunruhigte ihn die Vorstellung, das Irrenhaus räumen, es des Lebens in seinem Inneren berauben zu müssen und gleichzeitig seine armen Bewohner zu entwurzeln, um sie an unbekannte Orte zu bringen, mit denen diese umhertreibenden Wracks erst sehr langsam vertraut werden würden.

Außerdem war er ernsthaft um Mara und Elemira besorgt: Er würde eine neue Unterkunft für sie suchen, sie bei einem Freund oder Verwandten unterbringen müssen. Ganz zu schweigen von der wahrscheinlichen Trennung von Marcella.

Von diesen Gedanken geplagt, beschloss Beniamino, sich dem Menschen anzuvertrauen, der ihm gegenüberstand, teils um sich selbst zu trösten, teils um Rattazzis Begeisterung, die ihn, offen gestanden, ärgerte, ein wenig zu dämpfen.

»Ich verstehe«, sagte dieser, nachdem er aufmerksam zugehört hatte. »Glaub nicht, ich hätte nicht in Betracht gezogen, was du mir eben erzählt hast, und denk nicht, meine Aufregung sei bloße Leichtfertigkeit. Es gibt sehr viel Arbeit und viele Probleme, die jeder von uns wird bewältigen müssen.«

Dann erhob er sich, ging zum Fenster und blickte eine Weile auf den Hof, wo die Irren ihre Zeit verbrauchten. Schließlich wandte er sich zu dem Jungen um.

»Beniamino«, sagte er in einem ungewohnt vertraulichen Ton, fast wie ein Vater, »ich verstehe auch, dass du dich eng mit diesem Ort verbunden fühlst, der von Geburt an deine Heimat war. Zwischen diesen Räumen und deiner Mutter gibt es nur einen Maschendraht und eine

Mauer aus Rosen, und hier, ausgerechnet an diesem Ort des Leidens, hast du die Liebe gefunden, die an deiner Seite ist, die durch die Flure läuft, in der Küche arbeitet. Aber du bist eine empfindsame Seele, neugierig und achtsam. Und du hast ein Talent: Du kannst zuhören, mein kleiner Beniamino. Du hörst den wirren Reden Cavanis zu, du kennst Foscos Abgründe. Und du spürst ihre Angst, du fühlst, wie sie sich abplagen, weil sie keine Worte finden, weil sie hilflos in den Wellen treiben, von Kräften geschüttelt, die keiner kontrollieren kann. Die Qual, hier drinnen allein gelassen zu sein, der Zeit ausgeliefert, den Regeln, den Schwestern und den Aufsehern. Und der Wissenschaft.«

Rattazzis Stimme wurde lauter, fast zu einem Schrei, er konnte seine Erregung nur ein wenig dämpfen, indem er sich über Beniamino beugte und ihm etwas anvertraute.

»Weißt du«, sagte er, versonnen lächelnd, »ich habe immer gedacht, ein Arzt müsse dem Kranken helfen, sich von seinem Leiden zu befreien, darum habe ich mich, schon als ich anfing zu studieren, heimlich immer für eine Art Retter gehalten. Doch was habe ich dem, der mich um Hilfe bat, anbieten können? Sieh her«, und mit diesen Worten schob er die Gardine vor dem Fenster beiseite, »einen von Mauern umgebenen Hof, wo er im Kreis gehen kann, ein paar Bänke, wo er sich neben seine eigene Verzweiflung setzen kann, ein Dutzend robuste Aufseher, die nur dazu taugen, die Riemen fester zu ziehen, wenn das Feuer zu stark brennt, fromme, barmherzige Schwestern und eine Schar Kollegen, die vor allem darauf bedacht sind, ihr Hemd blütenweiß zu halten und ihrer Karriere mit einer Reihe teuflischer Einfälle Glanz zu verleihen.«

Rattazzi kam auf Beniamino zu, sein Gesicht war stark gerötet, und während er ihn an den Schultern festhielt, sprach er mit noch größerer Eindringlichkeit weiter.

»Die Elektrokonvulsionstherapie von Professor Cerletti wird früher oder später auch bei uns ankommen, und sie wird Stromstöße durch den Kopf von Fosco oder Bardi schicken, in der irrigen Überzeugung, ihnen damit die Schizophrenie aus dem Hirn zu reißen. Ebenso die Insulinschocktherapie, die sich inzwischen großer Beliebtheit erfreut und die Unglückseligen, die wir mit dem Brandmal des Wahnsinns abstempeln, in das Vorzimmer des Todes stoßen kann.«

Beniamino war bestürzt über diesen Wortschwall. Doch Rattazzis Ausbruch ging weiter, zunehmend drängender.

»Zugegeben, ihr Zweck ist die Heilung von der Krankheit, also haben diese Methoden ein Ethos. Doch den Schreien des Leidens wird mit Stille begegnet, mit dem Schlaf desjenigen, der den Mund zu stark verzieht oder den Frieden unserer Familien stört. Das hier ist kein Krankenhaus«, fuhr er fort, »es ist ein Gefängnis, und was wir hier tun, Beniamino, ist nicht behandeln, sondern ruhigstellen, wir streichen eine Schicht Verputz über jede Abnormität, um die Risse der Menschheit zu verstecken, um unsichtbar zu machen, was verstört. Ein schwerer Schleier, der alles verbergen soll, wie der bleierne Schleier, den unser tüchtiger Duce über das Gewissen unseres Landes gebreitet hat.«

Es klang wie eine Schlussfolgerung, doch Rattazzi war noch nicht fertig. Er drückte seine Hände fester auf Beniaminos Schultern und fuhr fort: »Ich bin müde, mein Freund. Ich bin es müde, meine Mittelmäßigkeit zu akzeptieren, und enttäuscht, weil es mir nicht gelungen ist, einen neuen Weg zu finden, mehr zu tun als zuzusehen, Aufzeichnungen zu machen, unentwegt zu suchen, ohne hier drinnen etwas zu finden, was den Verzweifelten nützt, denen ich helfen möchte. Ich habe niemanden befreit. Im Gegenteil«, schloss er bitter, »ich bin schließlich selbst wie die geworden, die ich retten wollte, eingeschlossen zwischen diesen Mauern, in den Sälen, gequält von dem Gestank von Urin und den Regeln der frommen Schwestern. Hier drinnen die Macht des berühmten Tiziani und draußen der Krieg, den Mussolini wollte.«

Beniamino spürte das Zittern von Rattazzis Händen auf seinen Schultern, er hörte seine vor Erregung brechende Stimme und ahnte, dass dieser Mann sich mit schonungsloser Aufrichtigkeit an ihn wandte. Vielleicht begriff er die Bedeutung des Scheiterns, das Rattazzi ihm eingestand, nicht mit dem Verstand, doch ein Reigen von Bildern zog vor seinen Augen vorüber, und er ließ sich von ihnen forttragen wie von einer Welle, verlor sich in Ignazios Blick, den der Tod versteinert hatte, und in Marcellas Augen voller Licht, in den gestammelten Worten von Professor Cavani und in der Weite seiner Himmel. Er sah die Mauern des Hofes, roch den Geruch des Schweißes und der Lederriemen und las das an die Wand im Flur geschriebene Leben von Ubaldo Mei. Ihm stieg der Duft der Rosen in die Nase, während er Fosco beobachtete, der einem Vogelschwarm hinterherlief, die Arme ausgebreitet, und sich in die Lüfte erhob, so dass er selbst nun durch Foscos Augen aus der Höhe des Himmels die Irrenanstalt und ihre hohen Mauern sah, umringt von der Stadt, in der die Menschen hin und her liefen, jeder auf seinem eigenen Weg, jeder seiner eigenen Beschäftigung nachgehend, überzeugt, Herr über das eigene Leben zu sein, ohne zu sehen, was Beniamino jetzt mit den Augen eines Vogels endlich erkennen konnte: den langen Mauerring aus Ziegelsteinen, der auch die Stadt umgab, der sie so umschloss, wie er das Irrenhaus umschloss und festhielt, in einem eisernen Griff.

Als hätte er seine Gedanken gelesen, sagte Rattazzi: »Vielleicht kann Mussolinis Krieg aber auch zu etwas nützen, vielleicht kann er endlich diesen Mauerring niederreißen und unseren Irren eine Chance eröffnen. Wir müssen die Anstalt evakuieren, und damit, mein Freund, ist uns das Schicksal zu Hilfe gekommen, so dass wir ihnen etwas bieten können, was humaner ist als dieses alte Gefängnis.«

Darauf löste er sich von Beniamino, ging zum Schreibtisch, nahm ein Bündel Papiere und reichte sie ihm.

»Wir haben einen Bauernhof in der Gegend von Pianoro gefunden, hinter dem See in der Schlucht. Es gibt Zimmer für etwa ein Dutzend Personen, es gibt eine Heizung und sogar Elektrizität. Ich habe bereits Tizianis Einwilligung, sieben Patienten dorthin zu bringen, dazu kommen zwei Aufseher und natürlich ich selbst. Marzi wird mit seinem Laster hin und wieder in die Stadt fahren, um uns mit dem Nötigsten zu versorgen. Ich habe vorgeschlagen, dich, Bruni und Marcella für die Küche mitzunehmen, aber ich glaube, auch für Elemira und Mara lässt sich etwas machen. Glaub mir, Beniamino«, und wieder ging er auf ihn zu, »aus der Anstalt herauszukommen kann allen nur guttun, uns ebenso wie unseren lieben Närrchen. In der Ruhe von Pianoro können wir neu anfangen, weit weg von diesen Mauern und vom Geruch des Wahnsinns, den sie mittlerweile ausdünsten. Wir können den Kranken wirklich nahe sein, versuchen mit ihnen zu reden und sie endlich so kennenlernen, wie wir sie nie kennengelernt haben, vielleicht sogar, indem wir selbst probieren, verrückt zu sein«, schloss Rattazzi begeistert.

Beniamino staunte. Er verstand diese Reden nicht ganz. Er sah nur den Enthusiasmus seines Mentors und fügte sich ihm skeptisch, ein wenig erschreckt von der Verwirrung, die Rattazzis Reden in ihm ausgelöst hatten.

Als er später Marcella nach Hause brachte, vertraute er ihr an, wie ratlos er nach diesem Gespräch gewesen war, und versuchte, an ihrer Seite laut denkend, zu ergründen, wieviel Wahres an Rattazzis Ideen sein mochte, an der von ihm beschriebenen Aussicht, die Beniamino, wie er zugab, gleichzeitig faszinierte und erschreckte. Das liebevolle Schweigen Marcellas während dieser Minuten war der Spiegel, in dem er sich selbst sah, und er stellte sich den Eindrücken, die ihn schon als Kind dazu getrieben hatten, dem Wahnsinn hinterherzuspionieren, und auch dem Gefühl der Unfähigkeit, aufgrund dessen er eigentlich nie an sein Studium geglaubt hatte.

Doch es war vor allem Marcellas Umarmung zum Abschied an diesem Tag, so fest, wie noch keiner Beniamino umarmt hatte, eine Umarmung, die ihn aufrüttelte und zu einer Entscheidung brachte. Denn in dem Moment, in dem die liebenden Arme ihn umschlangen, spürte er nicht nur den realen Kontakt mit einem anderen Körper, sondern auch jenes Gefühl, das nur die Liebe hervorruft, etwas, was den Tod zugleich verbannt und herbeibeschwört, was fordert und loslässt, vereint und trennt, aber immer und in jedem Fall verpflichtet. An jenem Tag war es nicht die Verpflichtung, mit Worten auf Marcellas sanfte Stimme zu antworten, die ihn nach beider Gewohnheit mit »mein Dottore« verabschiedete, sondern die Gewissheit, dass er wirklich ein Doktor sein konnte, und zwar aus Liebe.

Es musste jene Liebe sein, das ahnte Beniamino, während er nach Hause ging, die wirkliches Mitleiden war, die endlich über den Zaun sprang und die Rosen kaute, ihren Duft aufnahm und seine Essenz befreite. Plötzlich erschien ihm die Irrenanstalt, die vor ihm aufragte, mit jedem Schritt wirklich wie das Gefängnis, das Rattazzi beschrieben hatte. Beniamino hatte sie in der Hoffnung betreten, dort das Geheimnis der Ekstase zu finden, um die er die Verrückten schon als Kind beneidet hatte, doch die, das verstand er jetzt, würde er nur finden, wenn er in umgekehrter Richtung über die Mauern sprang, sie niederriss und weit weg floh. Die Alpträume der Schlafenden, die erstickten Worte, den Gestank und die Scheiße, die aufgerissenen Augen, die obsessiven Litaneien und die verzerrten Gesichter, die Quintessenz allen widersinnigen und unerträglichen Leidens würde er mitnehmen, um all das endlich auf die Straßen und die Felder, in die Himmel und auf die Plätze zu entlassen, dorthin, wo es Aufmerksamkeit und Liebe erfahren konnte. Und Heilung.

Darum ging er, auf dem höchsten Punkt der Straße angekommen, nicht um das Irrenhaus herum, lief nicht zu Elemira und Mara, um sie von den nun kurz bevorstehenden Veränderungen zu benachrichtigen, sondern nahm den Weg durch das düstere Eingangstor und eilte fast laufend, so schnell sein Hinken es erlaubte, die große Treppe bis zum Sprechzimmer von Doktor Rattazzi hinauf, riss ohne anzuklopfen wie eine Furie die Tür auf, stieß vor dem erstaunten Blick des Arztes einen langen erlösenden Seufzer aus und sagte nur drei entschlossene Worte:

»Ich bin bereit.«

DAS HAUS BEI Pianoro tauchte hinter der letzten Wegbiegung auf, nachdem die von Zypressen gesäumte Straße sich über eine lange Wegstrecke an die Hügelflanke geschmiegt hatte. Von der Pritsche des Lastwagens aus gesehen, erschien es Beniamino erschreckend klein und ungeschützt. Vor dem geistigen Auge hatte er, die Gewohnheit hatte es eingeprägt, das Bild der hohen Mauern um die Irrenanstalt vor sich, der großen, mit Eisengittern geschützten Fenster und des ehrfurchtgebietenden Eingangstors mit seinen schweren Türflügeln. Darum erschien ihm dieses Landhäuschen wie ein lächerlicher Scherz, eine Muschelschale, eine viel zu leichte Hülle, um darin die Bestie des Wahnsinns in Schach zu halten.

Doch auf dem kurzen Stück Weg, das der Lastwagen noch bis zum Hof zurücklegte, löste diese Verwirrung sich auf: In der Mitte eines breiten Talkessels zwischen den Hügeln erbaut, von Wiesen umringt und von der Sonne beschienen, lächelte das Haus mit seinen kleinen Fenstern, der Anmutung eines vertrauten Gesichts und der Beschaulichkeit einer familiären Idylle ihn geradezu an, als wollte es seinen Gast mit einer Umarmung begrüßen.

Es war ein friedliches Stückchen Erde, eine von grünen Wäldern umgebene Lichtung, die dem Ankömmling ein freieres Atmen zu gewähren schien. Angesichts des Häuschens spürte Beniamino, wie seine Befürchtungen verflogen und einer gelassenen Heiterkeit wichen, als hätte er in diesem Moment begriffen, dass er den Mauerring um das

Irrenhaus wirklich einreißen konnte, wie Doktor Rattazzi hoffte, dass er den Anstrich des Hauses erneuern, seine großen Fenster weit öffnen und der Trostlosigkeit des Leidens endlich etwas anderes bieten konnte als die Ausweglosigkeit eines Labyrinths, nämlich sanft geschwungene Hügel, die vollkommene Form der Zypressen und das satte Braun der Erde, die gleiche Farbe wie die Backsteine, aus denen ihr neuer Zufluchtsort erbaut war.

Darum sprang er voller Tatendrang vom Lastwagen und ging Rattazzi entgegen, der ihn auf der Schwelle erwartete. Sogleich machte er sich zusammen mit Marzi daran, die mitgebrachten Sachen abzuladen. Bald kamen auch Marcella, Elemira und Mara mit Bruni hinzu und vervollständigten die kleine Mannschaft, die das Haus einrichten sollte.

Sie arbeiteten unermüdlich den ganzen Tag, angespornt von der Schönheit des Ortes und vom Enthusiasmus Rattazzis, der sie mit seinem rastlosen Eifer zur Eile drängte. Über das ganze Gesicht strahlend, scheute der Doktor keine Mühe beim Ausladen des Hausrats und beim Unterbringen der Sachen, er diskutierte mit seinen Helfern über die Aufteilung der Zimmer und der Patienten, und alle arbeiteten, von seiner Begeisterung angesteckt, voller Freude daran, diesen Ort, der nicht im mindesten nach einer Irrenanstalt aussah, bewohnbar zu machen.

Besonders Beniamino und Marcella fühlten sich durch dieses Abenteuer noch stärker verbunden, und stillschweigend betrachteten sie es als Teil ihrer privaten Geschichte, als würden diese Arbeiten nicht dazu dienen, einen Aufenthaltsort für Geisteskranke einzurichten, sondern ihr eheliches Heim, ihr persönliches Refugium auszustatten.

Tatsächlich bestand dieses Gehöft auf der Ebene von Pianoro aus wenigen Zimmern, in denen eine kleine Familie hätte wohnen können. Es verfügte über vier Räume im Obergeschoss, wo die Betten für die sieben Patienten und das Aufsichtspersonal nach Männern und Frauen getrennt untergebracht wurden. Doktor Rattazzi quartierte sich in einem Zimmerchen im Erdgeschoss ein, das ihm als Arbeitszimmer und Rückzugsort dienen sollte, während die große Küche, in der ein kleiner Kamin prangte, zum Speiseraum und gemeinsamen Wohnzimmer bestimmt wurde. Das war schon das ganze Anwesen von Pianoro, außerdem gab es draußen einen Lagerraum, der früher als Stall und Werkzeugschuppen gedient hatte, sowie ein breites, auf den Abhang des Hügels, der bis zur Straße anstieg, gestütztes Vordach.

Bis zum Abend war die Arbeit getan, und schon nach wenigen Tagen wurden die Irren übersiedelt. Sie kamen mit demselben Lastwagen an, mit dem der Umzug bewerkstelligt worden war, hinten auf der Pritsche sitzend wie ein Grüppchen Rekruten, das an die Front gebracht wurde. Wirklich hatten auch die Irren den erschrockenen Blick von Rekruten und waren durch das ungewöhnliche Ereignis, das ihre Lebensgewohnheiten durcheinanderbrachte, zutiefst verstört.

Renatina zum Beispiel, die mit ihrem bescheidenen Auftreten und dem gesenkten Blick immer wie ein Halm im Wind wirkte, hatte sich die Aufforderung, auf den Lastwagen zu steigen, höchst misstrauisch angehört und sich vor das Portal der Irrenanstalt gestellt, wo sie steif wie eine Marmorstatue stehenblieb, so dass Marzi sie sich wie einen Sack auf den Rücken laden und gewaltsam auf die

Pritsche verfrachten musste. Und wie ein Sack saß sie auch jetzt reglos da, den Blick noch finsterer und tiefer gesenkt als sonst, um sich mit dieser Bewegungslosigkeit vor der Welle des Neuen zu schützen, die über sie hereingebrochen war.

Fosco dagegen hatte zunächst mit übertriebener Begeisterung auf den Umzug reagiert, einer explosiven Erregung, die Rattazzi und die anderen kaum zu bändigen vermochten. Wie wenn er sich im Hof beim Verfolgen der Vögel austobte, schienen die schwarzen Abgründe des Albatros auch jetzt sehr weit entfernt, und während das Personal noch vorsichtig und geduldig das Einsteigmanöver ohne Zwischenfälle zu Ende zu bringen versuchte, war er schon Dutzende Male zwischen der Eingangshalle der Anstalt und der Straße hin- und hergelaufen, hatte sich stürmisch von einer Schwester verabschiedet und einen Aufseher umarmt, hatte den Lastwagen umkreist, die Räder betrachtet, die Türen auf- und zugemacht und mit seiner hektischen Aktivität alle auf eine harte Geduldsprobe gestellt, bis Marzi eine glückliche Eingebung hatte und ihn einlud, sich neben ihn in die Fahrerkabine zu setzen, wo er Fosco ablenkte, indem er ihm die Funktionsweise der Anzeigen, das Steuer und die Schaltung erklärte, so dass die ungewöhnliche Fuhre endlich abfahren konnte.

Mit seiner Ladung Irrer auf der Pritsche entfernte der Wagen sich am späten Vormittag schließlich von der Anstalt, und die wenigen Menschen, die noch in der Stadt ausharrten, blieben am Straßenrand stehen, um neugierig zuzuschauen, wie der Wahnsinn hinunter in die Talenge fuhr, oder standen hinter ihren Fenstern, um die verstörten Blicke von Mita und von Bardi zu erhaschen, die schaukelnde Bewegung, mit der der arme Malfatti sich vor seiner Angst schützte, die gesenkten Augen von Renatina, den niemals stillstehenden Mund von Professor Cavani.

Verschanzt hinter dem Schutzschild ihrer Normalität, erleichtert und beunruhigt zugleich durch diesen Anblick, bemerkten sie nicht, dass auch Homer sich auf dieser Pritsche befand, getragen von den Versen des Professors, auf dass er die Geschicke der Menschen und Götter beschütze. Ebenso entging ihnen der Zugang zu Gott, den Giovanni besaß, der vom Allerhöchsten Aufträge erhielt und Gespräche mit ihm führte. Sie konnten nicht einmal Foscos Glück teilen, der in diesem Moment all seine Düsternisse vergessen hatte, war er doch völlig in die Geheimnisse vertieft, die Marzi ihm anvertraute, die Tricks, mit denen man dieses Wunderding steuerte, rot wie Feuer, dröhnend und schnell, auf dessen Bock er saß.

Die Menschen waren an den Rändern der Straßen und in den Häusern zurückgeblieben und konnten nur verstohlen beobachten, wie die Verrückten zum Pianoro hinunterfuhren, während sie selbst mit ihrer Vernunft dastanden und auf die Bomben vom Himmel warteten und auf den Durchzug der nahenden Front, damit sie wie ein reißender Fluss alle ruhmreichen Projekte eines Krieges mit sich fortschwemmte, an dem man nun schon seit Jahren würgte, der mit Toten gespickt war, schwarz und klebrig wie Pech, eine Krankheit, die mittlerweile allen den Leib und die Seele zerfressen hatte, was war dagegen schon der Wahnsinn.

Doch zwischen den konfusen Gedanken, die in den Köpfen dieser Menschen wimmelten, hatten manche vielleicht auch eine Regung des Bedauerns, einen Gruß oder eine Hoffnung am Straßenrand zurückgelassen, und von irgendwoher kam plötzlich jene Leichtigkeit, die Beniamino auf den Lastwagen aufsteigen spürte wie einen Passanten, der in letzter Minute auf einen abfahrenden Zug aufspringt.

Er spürte sie klar und deutlich, unter den Staub gemischt, den die Räder aufwirbelten, während der Lastwagen schon die Bahngleise überquerte. Sie schlüpfte auf die Sitzbank neben Malfatti und half ihm, sein zwanghaftes Hin- und Herschaukeln ein wenig zu verlangsamen, sie streichelte Mitas Wangen, um das Schluchzen einzudämmen, das sie bei der Abfahrt überfallen hatte, und setzte sich dann auf Foscos Schoß, der endlich ganz ruhig war, auf Marzis Handgriffe konzentriert, Marzi, den er zu seinem Zauberer erkoren hatte.

Und als der Lastwagen am Ufer des kleinen Sees entlang durch die Talenge fuhr, sah Beniamino deutlich, wie diese Leichtigkeit sich in Renatinas Blick spiegelte, denn sie hatte, was sonst nie vorkam, die Augen gehoben, hingerissen vom Glitzern der Sonne auf dem Wasser, einem Funkeln, das auch schon Bardis elsternhafte Neugierde weckte.

Giovanni umarmte diese Leichtigkeit, wie er seinen Gott umarmt hätte, mit dem er sich zu unterhalten pflegte, derselbe Gott, der ihm alles befohlen hatte, was er in seinem Leben tun sollte, bis die Verwandten in diesen Befehlen den Irrsinn am Werk sahen und ihn wegsperren ließen. Auch Professor Cavani begrüßte sie voller Freude und Liebe mit den Worten, mit denen Penelope ihren Odysseus in Ithaka begrüßt.

Gerüstet mit dieser neuen Leichtigkeit, kamen die Verrückten im Pianoro an wie an einem Ausflugsziel und stiegen vom Lastwagen herunter, betäubt von allem Neuen, dem ungewohnten Grün, das sie umgab, der Luft, die frei strömte, ohne Mauern, die sie in einen Innenhof zwängten.

Langsam kletterten sie von der Pritsche, fasziniert und eingeschüchtert zugleich von der Schönheit des Ortes, die über sie kam wie ein zu großes Geschenk, ein Panorama, zu weit für Augen, die durch die Gewöhnung an einen engen, zusammengepressten Gesichtskreis zu einem Käfig geworden waren. Wie Katzen, misstrauisch und neugierig zugleich, stiegen sie von der Pritsche, wanderten umher, berührten die Dinge und rochen daran, suchten einen Winkel, wo sie sich zusammenkauern konnten, ein Stück Wiese, wo sie sich ausstrecken, von der Sonne wärmen lassen und die Kieselsteine und Grashalme betasten konnten, so endlos und zahlreich, dass nicht einmal die Geduld von Professor Cavani ausgereicht hätte, alle zu zählen.

Und nachdem sie sich mit der Weite und dem Licht, mit dem ungehindert wehenden Wind und dem ungewohnten Geruch der Wiesen vertraut gemacht hatten, gingen sie zum Haus, wo Doktor Rattazzi nach ihnen rief und wo Beniamino und Marcella sie in die große Küche führten, damit sie ein Glas frisches Wasser tranken. Sie saßen um den großen Tisch und tauschten Eindrücke und Meinungen aus, ein mit Angst gemischtes Lächeln, Wünsche voller Fragen.

Mita erinnerte diese Küche an das Haus, das sie verlassen hatte, als sie die Irrenanstalt kam, an das Geschrei ihres schimpfenden Vaters, und das machte ihr angst, darum verschanzte sie sich hinter Worten, die sie wie eine

Litanei wiederholte, und sie hätte nicht sagen können, ob dieses Psalmodieren eine Zuflucht war oder ihr Mut machen sollte. Bardi dagegen war fasziniert von den blitzenden Kochtöpfen, die Elemira auf dem Bord neben dem Backtrog anordnete, während Fosco sich neben Beniamino hockte, um vom Tischende aus diese seltsame Familie zu betrachten, auf der auch jetzt noch zurückgehaltene Blicke, halb ausgesprochene Worte, Weinen und verlegenes Lächeln lasteten.

Später begannen Marcella und Mara, das Mittagessen aufzutischen, das Elemira gekocht hatte, und das gemeinsame Mahl half, die Befangenheit zu zerstreuen, mehr Fröhlichkeit unter die Erzählungen und Worte zu mischen, bis Rattazzi nach beendeter Mahlzeit das Rührt euch! befahl und allen plötzlich bewusst wurde, dass es hier möglich sein würde, die eigenen Gespenster auch ohne die Hilfe von Regeln, Anordnungen von Ärzten und Schwestern, ohne die Mauern des Hofes oder den Gestank der Schlafsäle mit sich herumzutragen. Man konnte sich von ihnen auch auf den mit Kies bedeckten Vorplatz oder bis zur Wiese begleiten lassen und sie sogar vergessen, indem man eine Ameisenprozession beobachtete oder Steinchen aufhäufte wie die aufgeschichteten Worte im Kopf, oder indem man sich bis zu den Zypressen vorwagte, um Eicheln zu sammeln oder kleine gelbe Blumen zu pflücken, die viel bitterer waren als die Rosen im Hof, aber winzig und delikat und so zahlreich, dass sie fast einen Teppich auf der Wiese bildeten. So schienen die Gedanken der Irren, während sie auf dem Hof ausschwärmten, sich eine kurze Pause von den Ängsten und Zwängen zu gönnen, die das Leben der Kranken belasteten.

Eine ungewöhnliche Ruhe, eine seltsame Heiterkeit prägte diesen Nachmittag, was gewiss an den neuen Erfahrungen und der Müdigkeit lag, an der Zufriedenheit darüber, angekommen zu sein und einen schwierigen Teil der Arbeit geleistet zu haben, jetzt aber ein paar Stunden Aufatmen und Freude über das Licht genießen zu können, weit weg vom Dunkel des Irrenhauses und des Krieges.

Wahrscheinlich kam es Beniamino darum so vor, als hätten die Obsessionen der Verrückten sich friedlich wie eine zahme Herde über die Wiese verstreut und als habe sich in dieser Atempause endlich ein Schleier des Friedens über diese armen Seelen gesenkt.

Von diesem Frieden wurden alle angesteckt, obwohl ihnen bewusst war, dass es sich um eine kostbare, vergängliche Gunst handelte, etwas, was der erste Windstoß ihnen entreißen konnte. Doch solange die Ruhe andauerte, ließ sich jeder im Pianoro von der Hoffnung beflügeln, dass ein solcher Seelenfrieden möglich war und dass er nicht in der Arroganz der Perfektion lag, sondern in der Schönheit der kleinen Dinge, die sich in diesen Stunden wie durch ein Wunder um sie versammelt hatten: ein behagliches Haus, der Geruch der Wiesen, das Ausruhen von der Mühe, die zubereiteten Speisen, der klare Himmel und eine Zeit, die so schleppend verging wie eine langweilige Rede.

Beniamino suchte Marcella, denn er hatte beschlossen, diese Atempause zu nutzen, also nahm er sie bei der Hand und spazierte mit ihr über die Felder hinter dem Hügel, wo der Wald dichter wurde und wo er sie, vom Dickicht vor den Blicken der Sonne geschützt, liebte. Mit dem Ritual der Liebenden feierte er die Fülle, die er vielleicht zum erstenmal in sich verspürte, eine Harmonie, die Ignazios starren Blick im Angesicht der Todes, das Gespenst der Promotion, Aidas Plackerei, den Schatten vom Castellucci und sein abstoßendes Hinken ganz und gar verbannte.

In Marcellas Armen erschienen Beniamino jene glücklichen Augenblicke, die die Liebe den Menschen gewähren kann, allumfassend, Ursprung und Ziel von etwas Wunderbarem und Ungeheuerlichem. Auch Marcella verspürte den starken, unbezwingbaren Wunsch, sich gehenzulassen, als würde sie in einen Fluss fallen und sich lustvoll der Strömung hingeben. Und während sie sich an Beniamino drückte, fühlte sie sich wie eine der Blumen, die sie Renatina hatte pflücken und genüsslich kauen sehen, also ließ auch sie sich von Beniamino kauen, schmekken und riechen, und so schrieben die beiden im Rhythmus der Liebe das Spiel fort, mit dem die Verrückten das Glück in den Rosenblättern suchten.

Benommen von diesem Spiel, gingen sie später den Pfad bis zum Gipfel des Hügels hinauf, und dort begriffen sie endlich, wie zerbrechlich und unsicher die Atempause gewesen war, mit der sie ihre Liebe genährt hatten. Von der Anhöhe, auf der sie standen, sah man nicht nur den prächtigen Sonnenuntergang, der Hänge und Felder aufleuchten ließ, sondern auch klar und deutlich, wie einen Schnitt in der Leinwand eines meisterlichen Gemäldes, die Rauchsäulen, die nach den Schüssen der Granatwerfer aufstiegen, während die Luft vom dumpfen Geräusch der Explosionen und dem Brummen der Bomberschwärme erschüttert wurde.

Marzi kam wie eine Furie mit seinem Lastwagen angerast.

»Es ist ein Wunder, dass ich durchgekommen bin«, rief er, »gleich hinter der Schlucht schießen Partisanen und Deutsche aufeinander, es ist die Hölle.«

Das Schweigen der anderen war der einzige Kommentar. Von der Schlucht gingen zwei Straßen ab, und nur eine führte zum Pianoro. Mara kam aus der Küche geeilt, und während sie sich die Hände an der Schürze abtrocknete, sah sie den Staub in der Luft, den der Laster aufgewirbelt hatte, und die besorgten Mienen der anderen, die die Nachricht bereits gehört hatten. Sie verstand, ging zu Beniamino und klammerte sich an seinen Arm.

Doktor Rattazzi war der einzige, der den Mut zum Sprechen fand: »Haben Sie erkennen können, ob die Männer sich in unsere Richtung bewegen?« fragte er.

Marzi verzog den Mund, als hätte er Essig geschluckt. Dann wandte er sich zur Straße um, als wollte er sich vergewissern, dass sie noch leer war.

»Eine Gruppe Partisanen hat sich aus der Schlucht abgesetzt, wo der Kampf stattfindet, und läuft direkt in Richtung Pianoro«, antwortete er schließlich und verstummte dann, um den Doktor anzublicken. Wie alle anderen wartete er auf eine Antwort, mit der Rattazzi die Angst vertreiben sollte, die fast mit Händen zu greifen war.

Rattazzi fasste sich mit der Hand ans Kinn und streichelte es langsam, wie immer, wenn er nachdachte.

»Nun gut«, sagte er schließlich, »wir sollten jetzt nicht in Panik geraten.«

Beniamino nahm diese Worte auf wie ein angenehmes, warmes Getränk, einen Trost, der die Erregung linderte, die bereits in ihm aufstieg.

Auf der Wiese vor dem Haus lagen Fosco und Giovanni mit weit ausgebreiteten Armen und Beinen wie zwei auf das Gras gezeichnete Gestalten von Vitruvius, und ihr Blick verlor sich im Blau des Himmels. Wie wehrlose Kinder erschienen sie Beniamino, nichtsahnend dem aufziehenden Unwetter ausgeliefert. Er blickte zum Hügel hinauf, wo die Straße eine perfekte Kurve durch das von Zypressen durchsetzte Grün zeichnete. Alles war ruhig. Eine leichte Brise bog die Baumwipfel ein wenig und trug den Geruch der Felder auf den Hof. Durch das Küchenfenster sah man Elemira am Herd hantieren und Marcella, die sich anschickte, den Fußboden zu fegen. Als hätte er sie mit seinen Gedanken gerufen, hob das Mädchen die Augen und lächelte ihm zu. Mita und Renzo Bardi saßen friedlich auf der Bank, an die Hauswand gelehnt, die Augen geschlossen, in den Strahlen der milden Sonne badend. Renatina kratzte mit dem Finger an einem Riss in der Hausmauer, auf der Suche nach wer weiß welchen Geheimnissen. Professor Cavani rezitierte Homers Verse, den Blick zum Himmel gerichtet, und jemand, vielleicht Malfatti, pfiff eine kleine Melodie.

Beniamino spürte, wie sein Herz sich verkrampfte. Ein Wunsch kam in ihm auf, so stark, dass es schmerzte. Er hätte die Macht eines Gottes haben wollen, um all das jetzt in diesem Moment einzufrieren, eine Hand auszustrecken wie ein Zauberer und die Zeit zum Stillstand zu bringen, diesen Frieden zu verewigen, einen endlosen Atemzug, einen aufgeschobenen Herzschlag lang. So bleiben, für immer, Marcellas Blicke auf ihn gerichtet, eine leise gepfiffene Melodie in den Ohren, umfangen vom duftenden Wind und die Schönheit einer Landschaft vor Augen, die ohne jeden Zweifel ein Paradies auf Erden war.

Statt dessen ahnte, wusste er, dass dieser Frieden nicht mehr war als der prekäre Augenblick eines Gleichgewichts, das im nächsten Augenblick zusammenbrechen würde. Es war der Wahnsinn, der sich im Pianoro ein paar Minuten Freizeit gegönnt hatte, bevor er im nächsten Moment wie ein reißender Fluss auf der Straße auftauchen würde, die aus der Schlucht kam. Dann würde er die Wegbiegung überschwemmen, die Zypressen und die Bank wegfegen, auf der Renzo und Mita saßen, er würde Fosco und Giovanni und ihren in den Himmel gerichteten Blick bedecken, Renatinas Neugierde fortreißen, das Lächeln auf Marcellas Mund ertränken und Malfatti und Professor Cavani zum Schweigen bringen.

Er würde überall eindringen, in die Dinge um sie herum und in ihr Inneres, wenn er mit den Gewehren der Partisanen kam, mit ihren Blicken wie gehetzte Hasen, und nach den Partisanen würde er mit ihren Verfolgern, den Nazis und den Faschisten, kommen, mit ihrem keuchenden Atem, ihren Laufschritten und Schreien, den von Schüssen zerrissenen Worten.

Das alles ahnte Beniamino, und die nahende Welle schlug über ihm zusammen, vertrieb den Wunsch, von dem sein Traum sich nährte. Die Welle nahm ihm den Atem, drang in jede seiner Poren und kam als zwei große Tränen heraus, die ihm über das Gesicht liefen.

Rattazzi sah diese Tränen, er spiegelte sich gewissermaßen in ihnen, denn er erblickte darin dieselben Empfindungen, die ihn in diesem Moment beherrschten. Trauer und Wut, das Gefühl eigener Unzulänglichkeit, Furcht und die Erkenntnis, dass es ein Irrtum gewesen war, zu hoffen, der kleine Felsen des Pianoro könnte dem Sturm trotzen, der ringsumher wütete. Er spürte die Blicke der anderen, Marzis Aufregung, Brunis Angst und die Verlorenheit von Mara, die sich an Beniaminos Arm klammerte. Er sah die Tränen in den Augen dieses Jungen, den er wie einen Sohn liebte, Tränen der Ohnmacht, die sie alle in diesem Moment auf dem Hof erstarren ließ. Er sah, wie Beniaminos Tränen, von allem, was er fühlte, beschwert, in die Tiefe gezogen wurden, ihm über die Wangen liefen, sich vom Kinn lösten und zu Boden fielen.

Und in dieser kurzen Zeitspanne, bevor die Tropfen auf dem Kies explodierten wie die Bomben, die vom Himmel fielen, erkannte Rattazzi, dass der wirkliche Wahnsinn niemals besiegt werden würde, denn er war das innerste Wesen der Normalität, die gerade auf sie zukam. Er war die Männer mit den Soldatenuniformen und den gebrüllten Befehlen, die Schreie derjenigen, die auf jeden Fall sterben würden, sei es für die Freiheit oder für den Führer, während Fosco und Giovanni friedlich in den Himmel schauten. Und Rattazzi ahnte, dass alles, was er studiert hatte, zu nichts genutzt hatte, denn nichts würde die heranrasende Welle in Karteikästen verbannen können. Nichts würde die Vernunft nützen, denn gerade die Vernunft drängte und rechtfertigte, organisierte und vernichtete. Die Vernunft, die Flugzeuge und Bomben baute, sie mit größter Präzision abwarf, sie explodieren ließ, um

Leben auszulöschen und Dinge zu zerstören, um mehr Schmerzen zu bereiten als eine Krankheit, während die Tränen, die er fallen sah, harmlose Tropfen waren, gerade gut genug, den Boden ein bisschen zu befeuchten.

Noch bevor diese Tropfen auf den Kies fielen, sah Rattazzi sich gedemütigt, und gleichzeitig begriff er, dass gerade diese leidvolle Erfahrung ihm die Kraft gab, die Blikke von Fosco und Giovanni, das Pfeifen von Malfatti, die Verse Cavanis, Renatinas Angst und die Ruhe von Mita und Renzo, die sich auf der Bank von der Sonne liebkosen ließen, bis zum Äußersten vor dem nahenden Wahnsinn zu verteidigen, mehr noch, auch alle anderen Blicke, jedes andere Zittern, jede andere Angst, die die Wissenschaft ihn gelehrt hatte, Wahnsinn zu nennen, die aber kein Wahnsinn waren, sondern nur von allem durchdrungen, was zutiefst menschlich, weil besiegt und schwach war. Weil es krank war.

So spürte Rattazzi, als Beniaminos Tränen auf den Kies fielen, nicht nur Trauer über diese Erkenntnis, sondern auch Freude, weil er schließlich begriffen hatte, dass er ein Arzt war. Er sah sich umgeben von der Bestürzung der anderen, der fühlbaren Angst vor dem, was der heraufziehende Sturm diesem Grüppchen wehrloser Halme zufügen würde. Eine neue Kraft drängte ihn zum Handeln. Er hob den Blick, war sich der Erwartung der anderen bewusst: »Schnell, bringen wir alle hinein«, sagte er, während er schon auf die Wiese zuging, wo Fosco und Giovanni noch immer rücklings auf dem Gras ausgestreckt den Himmel betrachteten. Wie ein Bauer, der seine Hühner scheucht, trieb Rattazzi mit Händeklatschen und Lockrufen seine verlorenen Seelen zusammen.

»Husch, husch, lauft, meine Hühnchen!« rief er fröhlich, so dass Mita, Renzo und die anderen aus ihrer Benommenheit erwachten und sich mit lustigen Sprüngen an dem Spiel beteiligten.

Auch Beniamino ließ sich von der Komödie mitreißen und verwandelte die Angst, die ihn bis jetzt in Bann geschlagen hatte, in eine fröhliche Jagd auf Malfatti, der in seiner Überraschung über das plötzliche Spiel losgerannt war und Purzelbäume auf der Wiese machte.

Ohne Beniaminos Arm, an den sie sich geklammert hatte wie an einen Brückenpfeiler, stand Mara nun allein mitten auf dem Hof, die Augen noch feucht von den Tränen der Angst und eine Hand auf dem Mund, um das Lächeln zu verbergen, das die seltsame Szene ihr entlockte.

Sie beobachtete Rattazzi, den unglaubwürdigen Bauern mit seinem vom Alter beschwerten Schritt, während er Fosco verfolgte, der sich hinter dem Schuppen versteckte, und Beniamino, der hinkend Malfatti umkreiste, und den sonst so störrischen Bruni, der jetzt in die Hände klatschte und einen Truthahn nachahmte, während Marzi sich kopfschüttelnd eine Zigarre anzündete und Marcella das plötzliche Durcheinander lächelnd vom Küchenfenster aus bestaunte.

So kehrten sie alle keuchend und schwitzend in den Schutz des Hauses zurück, worauf die einen Wasser tranken, andere sich auf dem Sofa oder einem Bett ausstreckten, damit die Aufregung über das Hühnerhofspiel sich legte.

Dann kamen die Partisanen.

Von der Höhe des Hügels kam ein Dutzend ferne dunkle Flecken rasch zum Haus heruntergeschlichen.

Rattazzi und die anderen sahen, wie sie sich näherten und etwa zwanzig Meter vor dem Hof stehenblieben, locker gruppiert, wie eine Handvoll über den Tisch verstreuter Kirschen. Dann bewegten sich zwei dieser dunklen Flecken und schritten auf die Tür zu.

Hinter dem Fenster wandten die auf den Hügel gerichteten Blicke sich jetzt zum Doktor um, der als einziger wagte, das bleischwere Schweigen zu durchbrechen: »Nun gut, gehen wir unsere Gäste empfangen«, und mit diesen Worten ging er den Ankömmlingen entgegen.

Mit ernstem Blick und leicht beschleunigtem Atem, das Gewehr in der Hand, trat einer der beiden Männer vor Rattazzi.

»Ich bin Hauptmann Remo«, sagte er, »Anführer der Partisanenbrigade Prati. Meine Männer und ich müssen eine Weile hierbleiben und uns ausruhen.«

Rattazzi, die Augen fest auf den Mann gerichtet, sagte warnend: »Das verstehe ich, aber ich muss Ihnen mitteilen, dass dies ein besonderer Ort ist. Ich bin Arzt der städtischen Irrenanstalt, und wir haben einige der Geisteskranken hierhergebracht. Ich fürchte, Ihre Anwesenheit könnte ein ohnehin schon prekäres Gleichgewicht gefährden. Für diese Menschen ist jede Veränderung ein Schock.«

Hauptmann Remo machte eine ungeduldige Handbewegung.

»Ich trage die Verantwortung für zehn Männer, ein paar von ihnen sind verletzt, und seit wir durch die Schlucht gekommen sind, ist eine Meute von Nazis hinter uns her. Die Front kommt näher, der Kampf hat gerade erst begonnen. Wir müssen etwas essen und Atem holen«, sagte er mit einem scharfen Unterton.

Dann wandte er sich zu den Männern um, die auf der anderen Seite des Hofes stehengeblieben waren, gab ihnen ein Zeichen, schob Rattazzi mit einer Hand beiseite und trat entschlossen über die Schwelle.

»Außerdem wird man sich unter Verrückten ganz gut verstehen«, schloss er mit einem schiefen Lächeln auf den Lippen.

Marcella und Mara stellten Brot, Käse und ein paar Flaschen von dem Wein, den Marzi gerade gebracht hatte, auf den großen Küchentisch, während Elemira sich mit gerötetem Gesicht aufgeregt am Herd zu schaffen machte. Es war ein seltsamer Anblick: Die am Tisch sitzenden Partisanen aßen hastig, sie wechselten nur wenige Worte. Die Hausbewohner blieben ein wenig abseits und beobachteten die Männer, dabei warfen sie von Zeit zu Zeit sorgenvolle Blicke auf die Straße zur Schlucht.

Eine unheimliche Spannung lag in der Luft, ein Misstrauen, das diese zähen Minuten mit der Qual des Wartens beschwerte.

Plötzlich tauchte Renzo Bardi aus dem Nebenzimmer auf, eine seiner unverständlichen Litaneien vor sich hin murmelnd. Eine neugierige Elster war Renzo schon immer gewesen, schon als er noch ein Kind war und jeder Lichtschimmer irgendeinen Kobold in seinem Wasserkopf weckte. Das Funkeln einer Münze oder der Blitz eines Lichtreflexes genügte, um ihn anzuziehen, ihn zum Schauen, Berühren, Fragen zu zwingen.

Im Nebenzimmer, wohin Renzo sich geflüchtet hatte, um nach dem Laufen und dem aufregenden Spiel wieder ruhig durchzuatmen, hatten unbekannte Stimmen und Geräusche ihn aus seinem Halbschlaf geweckt. Ein starker

Durst brannte ihm in der Kehle, also ging er in die Küche, um sich mit einem schönen Glas Wasser zu erfrischen.

Als er eintrat, sah er eine Menge Leute um den großen Tisch. Er fixierte die Sitzenden, versuchte ihre Züge zu erkennen, erinnerte sich aber nicht, jemals ähnliche Gesichter gesehen zu haben, und fühlte sich einen Augenblick lang verloren. Dann forderte die Stimme des »Dottore« ihn auf, hereinzukommen.

»Ganz ruhig, Renzo«, sagte Beniamino lächelnd, »das sind alles Freunde.«

Doch »Freunde« war ein Wort, das Bardi mit Menschen verband, die er bereits kannte, die ihm die Hand geschüttelt oder ihn zur Bank beim Rosenbusch begleitet hatten, als er noch in dem Haus mit den Ziegelsteinmauern und den großen Fenstern wohnte. »Freund«, das war der Aufseher Mario, der ihn manchmal einen Zug von seiner Zigarre nehmen ließ, einen tiefen Lungenzug. »Freund« war auch Marzi, wenn er ihm erlaubte, das Steuer des auf dem Hof stehenden Lastwagens nach rechts und links zu drehen und dann auszusteigen, um zu überprüfen, ob die Räder ihre Stellung verändert hatten. »Freunde« waren auch Fosco und der Doktor Beniamino und alle, mit denen er auf der Wiese lag oder auf der Bank saß, um sich von der Sonne bescheinen zu lassen. Kein »Freund« war Bruni, der immer so ernst dreinschaute, dass man es mit der Angst kriegen konnte, und auch Schwester Delia mit ihrer rauhen Stimme nicht, weil sie ihm unbedingt Gebete beibringen wollte, die er überhaupt nicht mochte, sie waren viel zu lang und kompliziert. Viel besser die Liedchen von Rattazzi oder die Pasta mit Bohnen von Elemira. Die waren »Freunde«.

Der Gedanke an die Pasta mit Bohnen brachte ihm den quälenden Durst wieder zu Bewusstsein, also versuchte Bardi, seine Angst vor diesen unbekannten Gesichtern zu verscheuchen und ging zum Tisch, wo er Krüge und Weinflaschen gesehen hatte.

In diesem Moment traf ihn das Funkeln der Maschinenpistole. Neben dem Teller mit einer angeschnittenen Wurst lag das Stück Eisen und funkelte in der Sonne, die durch das Fenster schien. Augenblicklich verschwand alles andere: Die ganze Welt bestand für Bardi nur noch aus diesem blendenden Licht, und er stürzte auf den Mittelpunkt der Welt zu, den er auf dem Küchentisch glänzen sah.

Alles geschah in wenigen Sekunden. Mario Panetta, Partisanenname Carbone, stillte gerade seinen Hunger mit einem Stück Wurst, als er an seiner rechten Seite einen Schatten herankommen sah. Er wandte sich um und erblickte eine Art Ungeheuer mit verzerrten Zügen und einem deformierten Riesenschädel. Der schwarze Mann aus den Erzählungen seiner Großmutter, die Augen weit aufgerissen, die Hände nach ihm ausgestreckt. Der Stoß, mit dem er sich zu wehren versuchte, war die Befreiung von einer uralten Kinderangst, die er in Bardis irrem Blick gespiegelt sah.

Der Stoß ließ den Irren der Länge nach über den Tisch fallen, aber es gelang ihm trotzdem, seine glitzernde Sonne zu ergreifen. Dann das Chaos. Zwei Partisanen warfen sich auf Bardi, während Beniamino und Marzi ihn zu schützen versuchten. Die allgemeine Verwirrung explodierte wie eine Bombe und erreichte sofort das Zimmer, in dem die Verrückten bis zu diesem Moment ruhig geblieben waren. Mita warf sich auf den Boden und begann zu weinen, Renatina winselte vor Angst, während Fosco, in einer Ecke kauernd, sein Gesicht in den Händen verbarg und böse knurrte. In diesem Augenblick kam Malfatti in die Küche und sah, wie Renzo, von drei, vier Unbekannten festgehalten, sich schreiend zu entwinden versuchte. Er erschrak fürchterlich. Lebhaft kehrte ihm die Erinnerung an die brennenden Peitschenhiebe zurück, die sein Vater ihm versetzt hatte, an die Ohrfeigen, die er jedesmal bekam, wenn er sich hartnäckig weigerte, auf Sätze zu reagieren, die er nicht verstand, und lieber den Stimmen in seinem Kopf folgte als den Befehlen, die dieser Mann ihm entgegenschleuderte, glühendheiß wie kochendes Öl.

Die Wände der Küche kamen auf ihn zu, und ihm stockte der Atem. Darum ging er hinaus, ins Freie, wo er atmen konnte. Aber auch dort hörte er die Schreie und Renzo, der jaulte, schlimmer als ein Hund. Also fing er an zu laufen, rannte auf die Zypressen zu, die die Straße zur Schlucht säumten, über die Wiese, den Hügel hinauf, egal wohin, wenn er nur weit weg von den Stimmen war, die in seinem Kopf dröhnten.

Rattazzi hatte Malfatti mit weit geöffnetem Mund und blankem Entsetzen in den Augen an der Küchentür stehen sehen. Auch er sah die Wände näher kommen und sich um diese arme Seele schließen, auch er fühlte, wie ihm der Atem stockte, als wäre die Lunge des Unglücklichen seine eigene. Er hörte, wie Renzos Schreie sich in Malfattis Kopf in Befehle verwandelten, in Kommandos, in unablässig schreiende Stimmen. Und schon stürzte er hinter der Verzweiflung her, die Renzo schon weiter als bis zum Schuppen getrieben hatte, rannte mit der ganzen Kraft, die ihm in seinem fortgeschrittenen Alter zur

Verfügung stand, angetrieben von einer Angst und einem Schmerz, die nicht die seinen waren, die er aber mit dem teilen zu müssen glaubte, dessen Schutz und Pflege ihm oblag.

Es brauchte eine gute Weile, bis wieder ein wenig Ruhe in den Zimmern einkehrte, die Angst der Kranken beschwichtigt und dem Ärger der Partisanen Paroli geboten wurde, die ihre Mahlzeit in größter Eile beendeten und wütend und mit bösen Blicken das Haus verließen, nicht ohne unverhohlene Verwünschungen gegen die Bewohner auszustoßen.

Die Gewehre in der Hand, stieg die Gruppe hinter dem Hügel in die Berge von Prati hinauf. Von Zeit zu Zeit blickten die Männer hinter sich, um sich zu vergewissern, dass keine Deutschen zu sehen waren und sie sich von dem Haus entfernten, wo Marcella, Beniamino und die anderen geduldig die Aufregung zu dämpfen versuchten, die der Besuch verursacht hatte.

Als sich die armen Seelen im Pianoro endlich wieder beruhigt hatten, ging Beniamino hinaus, um Malfatti und Rattazzi zu suchen. Es hatte, während er Renzo vor dem Zorn der Soldaten schützte, genau gesehen, dass der Arzt hinter Malfatti herlief, der in Richtung Straße flüchtete. Doch jetzt, eine gute halbe Stunde später, sah er die beiden noch immer nicht auf den Hof zurückkehren und wurde nervös.

Er wechselte einen besorgten Blick mit Marzi. Malfatti war jung und gut zu Fuß, für den armen Rattazzi würde es nicht leicht sein, ihn aufzuhalten und zurückzubringen.

»Wir gehen die beiden suchen«, sagte er zu Marcella und eilte mit Marzi so schnell er konnte zur Straße.

Im stillen verfluchte er Castellucci wegen seines hinkenden Gangs, der es ihm verwehrte, seine Angst durch schnelles Laufen zu vertreiben. Die ganze Welt verfluchte Beniamino, den Irrsinn des Krieges und die Grobheit der Partisanen, die ihn getroffen hatte wie ein Schlag ins Gesicht. Nicht wegen ihrer Reaktion auf Bardi, denn es war richtig und notwendig gewesen, dass sie ihn gehindert hatten, die Maschinenpistole anzufassen. Nein, es war wegen ihres entnervten Getues, wegen des Missmuts, den er den Gesichtern und Verhaltensweisen dieser Männer angesehen hatte, die doch immerhin gastfreundlich aufgenommen worden waren. Beniamino ging schnell, trotz seines Hinkebeins, und kämpfte mit einem dumpfen Zorn, den er mit vernünftigen Einwänden nicht beschwichtigen konnte, obwohl er im Verhalten der Partisanen die übliche Abwehr hätte erkennen können, mit der fast alle Menschen reagierten, wenn sie sich plötzlich Renzos irren Blicken oder Mitas Zittern, dem Gemurmel von Cavani oder dem unentwegten Schaukeln von Girolamo Malfatti gegenübersahen.

Mit Vernunftgründen konnte Beniamino diese Reaktion erklären, aber auch das tröstete ihn nicht. Im Gegenteil, sie kränkte ihn, es kränkte ihn, dass es nicht möglich war, die Köpfe der Menschen zu befreien, bevor man die Städte, Häuser oder Plätze befreite.

Hinkend versuchte er, diesen Zorn unter Kontrolle zu halten, in den sich schon wachsende Besorgnis mischte, die gleiche, die er in Marzis starrem Blick las, während sie schweigend ihre gemeinsame Suche fortsetzten. Sie empfanden auch keine Erleichterung, als sie hinter der Marienkapelle, gut zwei Kilometer vom Haus entfernt, Malfatti am Straßenrand sitzen sahen, sich vor und zurück wiegend, wie er es immer tat, wenn er Zuflucht vor seinen eigenen Gedanken nahm.

Rattazzi lag neben ihm auf dem Rücken, als würde er ausruhen, er, der sich nicht einmal auszuruhen schien, wenn er wirklich schlief. Marzi begriff, und eine tiefe Furcht, eine Art Respekt ließ ihn wenige Schritte vor dem Doktor anhalten. Beniamino aber, dem das Herz bis zum Hals klopfte, beschleunigte seinen hinkenden Gang noch mehr, fast rannte er, blieb dann vor Rattazzi stehen, beugte sich über den Freund, nahm seinen Kopf in die Hände und rief seinen Namen, eher um sich selbst Mut zuzusprechen als diesem Mann, der mit geschlossenen Augen liegenblieb.

Als er ihm die Arme um die Schultern legte, spürte er ein leichtes Zittern. Er beugte sich tiefer über den Arzt und hörte ein schwaches Röcheln.

»Dottore«, sprach er ihn abermals an, und seine Stimme bebte vor Angst.

Rattazzi war offenbar erwacht, er schlug die Augen auf und lächelte ihn an. Dann hob er eine Hand und machte Beniamino ein Zeichen, er solle sein Ohr dicht vor seinen Mund halten. Der Arzt schien dem jungen Aufseher etwas zuzuflüstern.

Während Malfatti noch immer schaukelnd und murmelnd auf dem Boden saß, stand Marzi aufrecht und starr vor der Marienkapelle. Er war kein zartbesaiteter Mann, der leicht zu rühren war. Er war in Abessinien bei den Eroberungsfeldzügen des Reiches dabeigewesen. Grausame Gemetzel und Tote hatte er zu Dutzenden gesehen, es war also nicht der Tod an sich, der ihn verstörte. Doch jetzt stand er dort, nach dem Laufen noch immer ein wenig keuchend, neben sich Malfatti, ringsumher die friedlichen grünen Wiesen, die Marienkapelle, die wie gemalt wirkte, Rattazzi, der auf dem Straßenschotter lag, und Beniamino, über ihn gebeugt, um irgendwelche Worte zu erhaschen, die sehr leise geflüstert wurden, wie um den Frieden ringsum nicht zu stören.

Marzi war nicht so leicht gerührt, doch an diesem Tag, auf der Straße hinunter zur Schlucht, spürte er einen Klumpen aus Pech mitten in seiner Brust, der sich löste und ihm in die Kehle stieg, wo er ihm den Atem nahm, so dass Marzi den Mund öffnen und tief einatmen, die Augen zum Himmel heben und in das reine, wolkenlose Blau schauen musste, damit er den sterbenden Doktor Rattazzi nicht sah.

Beniamino hielt Rattazzis Kopf zwischen seinen Händen und weinte. Auf dem Schotter kniend, an seiner Seite Marzi, der in die Ferne starrte, und Malfatti, der sich, in seine Angst verkapselt, vor und zurück wiegte, versuchte Beniamino mit seinen Tränen den Schmerz freizusetzen, den dieser neuerliche Verlust ihm bereitete.

Ein zweites Mal, wie bei Ignazio, war der Tod völlig unerwartet gekommen, um Beniamino ein Ziel wegzunehmen, das er nah vor Augen gehabt hatte. Er war in die Küche des Häuschens neben der Irrenanstalt eingedrungen und hatte ihm den Vater genommen, um ihn mit der Bürde der Familie und dem Gespenst einer Promotion zurückzulassen. Und jetzt hatte er Rattazzis Herz zerrissen und sich mit Rattazzi auch den Traum geholt, gemeinsam etwas aufzubauen, von dem Beniamino einstweilen nur eine vage Vorstellung hatte.

Sein Weinen war der Versuch, eine schwere Verantwortung zu verscheuchen, die er mit jeder Minute näher kommen fühlte, so wie er gefühlt hatte, dass ihm das Leben des Arztes allmählich aus den Händen glitt. Hinter den sanften Kurven der Straße warteten Marcella, Elemira, Fosco, Renatina und die anderen im Haus darauf, dass er mit Malfatti und Rattazzi zurückkam, damit sie sich alle wieder um den großen Küchentisch setzen und ihr seltsames Familienleben fortsetzen konnten. Im Grunde waren sie ja tatsächlich eine Familie, denn niemals zuvor hatten sie so stark empfunden, dass alle in diesem Haus, auf diesen Stühlen, um den gedeckten Tisch herum ein gemeinsames Schicksal verband, dass etwas, was sie nicht recht hätten benennen können, was aber da war, zwischen ihnen, gegenwärtig und stark, sie zu nahen Verwandten machte.

In diesem Haus hatte das zahnlose Lächeln von Renatina eine neue Bedeutung bekommen, ebenso wie Foscos Herumrennen oder Giovannis Gespräche mit Gott. Auch alle anderen Gespenster, die zuvor in einem Rechteck aus hohen Mauern eingeschlossen, in Riemen und Regeln gezwängt waren, konnten sich im Pianoro jedes auf seine eigene Weise beruhigen und nach Belieben Zeit nehmen, bis Doktor Rattazzi sie überreden würde, freiwillig zu verschwinden, ohne Mita die Luft abzuschnüren oder Bardi seine Freude an allem, was glitzerte, zu rauben, ohne Ärger zu machen und den armen Teufeln, die diese Plagegeister schon allzu lange mit sich herumschleppten, noch mehr Schaden zuzufügen. Dann würden sie in derselben Richtung verschwinden, die die Partisanen eingeschlagen hatten, hinter dem Hügel, auf der Flucht vor der heranrückenden Front, vor der alle flohen.

Doch gerade bei dieser Vorstellung fuhr Beniamino ein Stich durchs Herz. Sie brachte ihm die Gespräche in Erinnerung, in denen Rattazzi ihm von der Zerstörungslust erzählt hatte, die in den Menschen lauert. Eine eisige Klinge fuhr ihm den Rücken hinab, und zum erstenmal erkannte er in aller Klarheit, dass es der Tod war, der hinter der Schlucht diese Lust befriedigte, dass der Krieg Krieg war, weil er keine Gnade kannte und keine vernünftige Logik außer der des Tötens.

Den Kopf seines Mentors zwischen den Händen, hatte

Beniamino das Panorama wieder vor Augen, das er vor wenigen Wochen mit Marcella vom Gipfel des Hügels aus betrachtet hatte, nachdem sie sich durch die Leidenschaft und Fröhlichkeit der Liebe hatten täuschen lassen. Er sah jene Flutwelle, die langsam stieg und die kleine Insel, auf die sie sich vergeblich geflüchtet hatten, schon sehr bald überschwemmen würde.

Also schluckte er die letzten Tränen hinunter und auch den Groll über diesen neuen Vater, der ihn ebenfalls allein gelassen hatte. Er trocknete sich die Augen und versuchte Malfatti zum Aufstehen zu bewegen. Auf den wenigen Kilometern zurück zum Pianoro durchlebte er mit jedem Schritt noch einmal alle Momente, die er mit Rattazzi geteilt hatte, von dem Tag an, als der Arzt plötzlich neben ihm auf der Bank im Hof gesessen hatte, bis zu dem Moment, da er ihn an sich gedrückt hatte in der Hoffnung, sein Leben noch eine Weile festzuhalten.

In diesen Erinnerungen wirbelten Bilder, Worte, Farben und Gerüche wild durcheinander, ohne dass er ihnen eine Ordnung, einen Sinn geben, irgendeinen nützlichen Wink entnehmen konnte, der ihm bei den bevorstehenden Aufgaben geholfen hätte.

In dieser Nacht schlief Beniamino nicht. Nach ihrer traurigen Rückkehr ins Haus war das Knäuel aus Empfindungen zu einer drückenden Last angewachsen, die nicht einmal Marcellas Liebe, die Zuneigung seiner Mutter und seiner Schwester und die Freundschaft aller anderen leichter werden ließen.

Jetzt erwartete ihn eine neue Verantwortung, größer und schwerer zu tragen als die gegenüber Ignazio, Elemira und Aida. Und hier gab es keinen Castellucci, den er hätte beschuldigen können, nichts, was ihm als Schutzschild diente.

Noch beschwerlicher wurde ihm die Aufgabe wegen seiner Gefühle für Rattazzi, wegen der Begeisterung und der Hoffnungen, die dieser Mann auf ihn übertragen hatte. Die Beziehung zu Rattazzi hatte ihn zu dem festen Entschluss geführt, sein Schicksal mit den Kranken zu teilen, ihr Leiden mitzuerleben und etwas zu finden, was die Mauern der Krankheit und der Anstalt durchbrechen konnte, um endlich Arzt zu sein, wozu es ihm bisher an Mut gefehlt hatte.

Beniamino blieb die ganze Nacht wach. Er schaute aus dem Fenster, atmete die klare Luft ein und wünschte sich, der Duft der Wiesen, der zu ihm aufstieg, könnte ihm auch jenen Rat, jene Rezeptur bringen, die der sterbende Rattazzi ihm, wie er gehofft hatte, anvertrauen wollte, als er ihn mit letzter Kraft zu sich hergewinkt hatte. In jenem Augenblick hatte Beniamino sich mit klopfendem Herzen über sein Gesicht gebeugt und den Atem angehalten, um aus dem Röcheln noch irgendeinen Hinweis herauszuhören, einen Letzten Willen womöglich, den er auf jeden Fall wie eine Zauberformel angewendet hätte.

Reglos und angespannt hatte er in dieser Haltung gewartet, ohne dass es ihm gelungen wäre, mehr wahrzunehmen als das entschwindende Leben des Arztes. Darum drückten seine Tränen nicht nur den Kummer über diesen neuen Verlust aus, sondern auch seine Bestürzung über die ausgebliebene Offenbarung, ohne die er jetzt schutzlos allen Stürmen, allen Erwartungen und Hoffnungen der Hausbewohner ausgesetzt war.

Bevor Marzi den Leichnam des Doktors mit dem Lastwagen holte, um ihn neben dem Haus zu bestatten, hatte er Elemira, Marcella und den anderen geschildert, was geschehen war, und alle hatten in jener Geste, mit der der Arzt Beniamino zu sich herangewinkt hatte, die Übergabe einer Verantwortung und eine Unterweisung sehen wollen. Der Schmerz über diesen plötzlichen Tod, die Angst vor dem, was sie erwartete, hatten in ihnen die stillschweigende Überzeugung genährt, dass es dem Doktor in jenen letzten Minuten möglich gewesen war, seinem jungen Mitarbeiter den Schlüssel zu seinen Plänen und zukünftigen Maßnahmen mitzuteilen, also die Quintessenz all dessen, was er in diesem Häuschen auf dem Land so optimistisch und enthusiastisch aufzubauen begonnen hatte.

Von Marzis Bericht bestärkt, hatten die Hoffnungen der Bewohner des Pianoro sich auf Beniamino gerichtet und wirkten nun wie ein Trost, der die Gemüter erleichterte. Allen, die diese irrige Überzeugung teilten, gab sie die nötige Ruhe, den schwierigen Moment zu überstehen.

Darum suchte Beniamino im nächtlichen Dunkel nach einer Lösung, um den kommenden Tag zu meistern, der bald anbrechen würde. Ein weiterer Tag mit den beschädigten Leben seiner Kranken, die im Pianoro noch immer eine Zuflucht vor dem Wahnsinn und dem aus der Schlucht heraufkommenden Tod suchten. Doch aus der Stille der Nacht kam ihm nur ein scheinbarer Friede entgegen, der ihn noch mehr ängstigte und das Gefühl der Unfähigkeit, das sich seiner erneut bemächtigt hatte, nur steigerte.

Während er vergebens in die Stille horchte, spürte er plötzlich jemanden neben sich. Ein beschleunigter Atem, das Zittern eines Körpers, das sich auf ihn übertrug, als er ihn streifte.

Es war Fosco. Seine zusammengekniffenen Augen, seine wachsende Erregung zeigten, dass er kurz davor war, in seine Abgründe zu stürzen, die dunkler waren als die Nacht vor dem Fenster.

Beniamino legte einen Arm um die Schultern des Jungen. Fosco sprach abgehackt, die Angst fraß an seiner Stimme.

»Sie haben Rattazzi getötet«, sagte er.

»Nein, mein Freund. Sein Herz ist stehengeblieben«, entgegnete Beniamino.

»Warum?« fragte der Albatros.

»Weil er alt war.«

»Warum?«

»Er hat sich überanstrengt, Fosco.«

»Warum?« fragte der Junge wieder.

Beniamino wollte schon antworten, doch dann verstand er, dass diese Frage keine logische Antwort bekommen konnte, weil es keine Logik gab und weil Fosco im Grunde nichts anderes fragte als das, was er selbst sich in diesen schlaflosen Stunden am Fenster angesichts des Dunkels einer beunruhigenden Nacht gefragt hatte.

Vom Hügel her, dort, wo die Straße in einer Kurve zurück zur Schlucht führte, brach ein silbriger Schein durch die schwarze Finsternis, in der Beniamino bis jetzt keine Antwort hatte finden können, und kündigte den aufgehenden Mond an. Langsam verbreitete sich sein Licht, tauchte die Anhöhen in einen weichen Schimmer, ließ die Umrisse jeder einzelnen Zypresse scharf hervortreten und breitete am Horizont einen Schleier aus zarten, unwirklichen Farben aus, als wäre dieser Ort das Bühnenbild eines Theaters. Auf dieser Bühne sah Beniamino die Leben der Verrückten vorüberziehen, er sah, wie sie sich nach einer Choreographie bewegten, rezitierten und von sich erzählten, und dabei durften sie endlich unlogisch und irrsinnig, poetisch und wunderlich, aber auch zutiefst traurig sein, wie ein Spiegel des Dunkels, das der Mond nach und nach auflöste, um das wahre Wesen dieser Menschen zu zeigen.

Während die weiße Scheibe über dem Pianoro aufstieg und Fosco sein unablässiges »Warum?« wie das rhythmische Klopfen eines Hammers hervorstieß, umarmte Beniamino seinen verrückten Freund und entschloss sich endlich, ihm und sich selbst zu antworten: »Weil Rattazzi mich gelehrt hat, wie ich dich beschützen kann.«

Von der Antwort getröstet, die er sich selbst gegeben hatte, fiel Beniamino in einen kurzen Schlaf und erwachte am Morgen so ausgeruht, als hätte er lange und fest geschlafen.

In den Worten, mit denen er Foscos Angst beruhigt hatte, schien eine Entscheidung verborgen, die er fast unwillkürlich ausgesprochen hatte, ohne ihre Bedeutung ganz zu verstehen. Er wusste nur, dass er die Verantwortung auf sich genommen hatte, die Rattazzi ihm, das war ihm jetzt klar, sterbend übertragen hatte.

Diese Gewissheit spürte er stark, sie war ebenso klar wie die Erinnerung an das Bild des vom silbernen Mondlicht bühnenhell beleuchteten Pianoro, also hielt er beides fast zärtlich fest, dieses Bild und diese Gewissheit, trug sie in sich während der ersten Handgriffe des Tages und nährte sie mit der Stille, die das Haus noch umfing.

In dem Frieden ringsumher erkannte er, dass die Unruhe der letzten Nacht sich in einen Drang zum Handeln verwandelt hatte, in etwas, was ihn rief. Er hatte zwar noch nicht ganz verstanden, was es war, wusste aber, dass er es tun musste. Von diesem Gefühl beherrscht, ging Beniamino, eine Tasse Kaffee in der Hand, zu Rattazzis Zimmer, wo er sich an den Türrahmen lehnte und die stummen, reglosen Dinge in dem Zimmer betrachtete, als suchte er in ihrer Erstarrung einen konkreten Hinweis.

Er trat ein, setzte sich an den Tisch, den der Doktor als Schreibtisch benutzte, und blätterte in den Heften, in die

Rattazzi seine Notizen einzutragen pflegte. Reihen, dicht mit Worten, Zeichen und energisch gesetzten Strichen gefüllt, Randbemerkungen in einer Unordnung, die ihn an die Hefte erinnerte, in denen Ignazio Bericht über seine Geschäfte geführt hatte. Bei diesem Gedanken spürte er einen Stich im Herzen, das wiederkehrende Gefühl, ein Waisenkind und allein zu sein. Behutsam schloss er die Hefte und legte vorsichtig eine Hand auf den kleinen Stapel Papiere. Neben den Heften erblickte er die Krankenakten, die Rattazzi aus der Anstalt mitgenommen hatte. Die erste gehörte Fosco. Beniamino öffnete sie, überflog die Eintragungen und Notizen zur Anamnese, die medizinischen Anmerkungen. Die Blätter waren sorgfältig ausgefüllt bis zum Datum des Umzugs, doch von dem Tag an gab es statt der schriftlichen Einträge eine Reihe von Zeichnungen, die die Seiten vollständig bedeckten: Skizzen von Vögeln, eine Rose mit fallenden Blütenblättern, das Rad von Marzis Lastwagen, erstaunlich präzise wiedergegeben, dann eine Hand von Fosco, sein charakteristisch verzogener Mundwinkel, seine Augen, die den Flug der Vögel am Himmel verfolgten, seine Schuhe, die Knöpfe seiner Jacke, an denen er unaufhörlich nestelte, sein auf eine Hand gestütztes Gesicht in einem hellen Lichtstrahl.

Überrascht schlug Beniamino die nächste Akte auf und fand auch hier nach dem Datum der Umsiedlung nur noch Zeichnungen auf den Seiten. Eine nach der anderen öffnete er die Akten, die auf dem Schreibtisch lagen, und entdeckte die ganze Welt des Pianoro, von Rattazzis Stift in allen Einzelheiten minutiös wiedergegeben, unzählige Mosaiksteinchen, aus denen sich ein lebendiges, facettenreiches Bild zusammensetzte. Je länger Beniamino sich in die Zeichnungen vertiefte, desto deutlicher erkannte er, dass sich in ihnen eine große Liebe, eine Poesie ausdrückte, die weit mehr vermitteln konnte als Worte. So las man in Malfattis gesenktem Kopf das Gewicht, das dieser Mann mit sich herumtrug, und er war mit einer Aufmerksamkeit wiedergegeben, die er hinter den Mauern der Irrenanstalt nie erfahren hatte. In den gefalteten Händen Renatinas lag die ganze Unterwürfigkeit, zu der die Krankheit diese Frau zwang, die hier auf dieser Zeichnung Strich für Strich auf die Seite einer Krankenakte übertragen worden war. Und Foscos in den Himmel spähenden Augen hatte Rattazzi eine Sehnsucht einschreiben können, die keine Grammatik brauchte, die pure Freiheit, Luft und Atem war.

Beniamino blätterte die Seiten um, und mit jeder Zeichnung wuchs seine Erregung angesichts dieser Versuche, die Krankheit zu erforschen und auszudrücken, die der alte Arzt ihm hinterlassen hatte. Sein Herz klopfte wild, ihm war tatsächlich, als sähe er sich selbst und den ganzen Pianoro mit Rattazzis Augen, so wie er ihn noch nie gesehen hatte. Diese Blätter schienen ihm einen Schatz zu bergen, der sein Erbe war, der ihn aufforderte, sich wie in einem Spiegel darin zu erkennen und seine alte Haut abzustreifen, sein Innerstes zusammen mit dem Leben der Hausbewohner nach außen zu kehren, so wie Rattazzi selbst es versucht hatte.

Er erschrak über diese Vorstellung, stand auf, verließ das Zimmer und ging in die Küche, um sich noch eine Tasse Kaffee zu holen, in der Hoffnung, ein paar Schlucke des starken Getränks würden ihm helfen, sich von seinem alten Laster der Feigheit zu befreien, von dem Wunsch, innezuhalten, sich irgendwo zu verkriechen und eine Entschuldigung zu haben, um das Abwarten und bloße Reden in die Länge zu ziehen.

Aus den Zimmern hörte man erste Geräusche, die Bewohner erwachten, dieselben Menschen, in deren Inneres er vor wenigen Momenten dank der Zeichnungen Rattazzis hatte blicken können. Die Kaffeetasse noch immer in der Hand, floh Beniamino geradezu auf den Hof, um sich durch das Alleinsein vor seinen alten Ängsten zu retten, die ihn abermals zu überfallen drohten.

Gegen die Schuppenwand gelehnt, Schluck für Schluck an sein heißes Getränk geklammert, beobachtete er von draußen, wie das Alltagsleben des Hauses wieder in Gang kam: Durch das geöffnete Fenster sah er Elemira am Herd hantieren und Renatina, die schon gebeugten Kopfes am Tisch saß, in die Angst versunken, die sie niemals verließ. Fosco stand wie jeden Morgen da, ohne sich zu rühren, damit der Schlaf langsam von ihm abfiel, während Marzi sich bereits seine Zigarre angezündet hatte und Fosco mit ernster Miene musterte.

Aus einigen Metern Entfernung betrachtet, wirkte der Pianoro tatsächlich wie jene Bühne, die Beniamino in der Nacht vom Mondlicht beleuchtet gesehen hatte, und seine Bewohner waren die Figuren eines Theaterstücks, an dem jeder unwissentlich mitwirkte, indem er versuchte, seinen Part so gut wie möglich zu spielen und den Anforderungen einer Rolle gerecht zu werden, die fast immer andere entworfen hatten.

Von seinem Standort aus konnte er die Gespräche nicht genau verstehen. Er hörte undeutliche Wortfetzen und vergnügte sich eine Weile damit, dem Summen zu lauschen, als wäre es eine Musik. Obwohl er nichts verstand, war ihm dennoch bewusst, dass diese Figuren sich wie im Theater nach einem genauen Plan bewegten, darum wusste er, auch ohne etwas zu hören, was Malfatti tun würde, sobald er in die Küche kam: Er würde sich ans Tischende setzen und darauf warten, dass Elemira ihm etwas zu essen brachte, Mita würde, bevor sie ihre Milch trank, die Serviette mehrmals auseinander- und zusammenfalten, während sie von den Gemeinheiten ihres Vater erzählte, und Fosco, sein Albatros, würde seine Schläfrigkeit abschütteln, indem er ans Fenster ging und in den Himmel spähte, wo er immer einen Vogelschwarm zu sehen hoffte, der ihm zur Flucht verhelfen würde. Und bei jedem, den Beniamino beobachtete, bei jeder Handlung, die diese Person unweigerlich vollführen würde, verspürte er Anteilnahme oder Zärtlichkeit, Furcht oder Misstrauen.

Beniamino schaute zu, und beim Zuschauen wurde ihm bewusst, dass das, was er sah, in ihm die gleichen Empfindungen hervorrief, die Rattazzi in seinen Zeichnungen ausgedrückt hatte, und dass sie direkt auf das Wesen dieser beobachteten und gezeichneten Menschen hinführten. Was immer sich hier auf dieser Bühne abspielte, es verpflichtete ihn dazu, nicht mehr zu verbergen, was sich in diesem Bild offenbarte.

Und so geschah es, das Beniamino, an die Schuppenwand gelehnt, beschloss, sein Leben in die Hand zu nehmen. Er trank zwei große Schlucke Kaffee, atmete tief ein und eilte dann fast laufend auf die große Küche zu. Elemira, die gerade das Brot aufschnitt, sah ihn entschlossen und flink heraneilen und wunderte sich, dass er weniger stark hinkte als sonst.

Beniamino riss die Tür auf und stellte sich vor seine Mutter: »Als Kind habe ich die Verrückten Blumen essen sehen«, sagte er, »und ich sah, wie glücklich sie waren, wenn sie die Rosenblätter kauten.«

Dann ging er zum Kamin, stellte sich vor die Wand und hob eine Hand, wie er es im Hof des Irrenhauses getan hatte, wenn er, Rattazzi und Fosco ihr Lieblingsspiel spielten. Er wünschte, sein alter Lehrer wäre dabei, um ihn in seinem Tun zu bestärken wie ein Regisseur, der seine Schauspieler vor dem ersten Auftritt auf der Bühne ermutigt. Aber Rattazzi war tot, die Scheinwerfer waren erloschen, und an der Küchenwand wuchs keine einzige Rose. Da verspürte Beniamino eine heftige Sehnsucht, die sich in eine Hitzewelle verwandelte, und das starke Gefühl machte ihn benommen. Die Küche verschwand, und die Mauer wurde zu dem Rosenbusch, der am Maschendraht im Hof des Irrenhauses emporrankte. Marzi wunderte sich über Beniaminos seltsames Verhalten und sprach ihn an, doch Beniamino hörte statt dessen Rattazzis Stimme, der seinen Namen sagte. Das munterte ihn auf, er fasste wieder Mut, und es gelang ihm, das Blütenblatt einer Rose abzuzupfen und sich in den Mund zu stecken, um es zu kauen. Sofort bereitete sich eine unbekannte Ruhe in seinem Inneren aus, umfing ihn wie mit einer Umarmung und schenkte ihm jenes Wohlgefühl, nach dem er sich schon als Kind gesehnt hatte, wenn er die Verrückten hinter dem Gitter neiderfüllt beobachtet hatte.

Auch Elemiras Stimme, die besorgt seinen Namen rief, brachte ihn zurück in jene ferne Zeit, als noch gar nichts geschehen war, Ignazio noch seine gute Laune auf den Märkten und zu Hause verbreitete, Aida sich an den

Kaninchenställen zu schaffen machte und er im Schutz des zweistöckigen Häuschens aufwachsen durfte. Noch hatte niemand ihn gebeten, zu studieren, und die Promotion war ein Traum, der im Herzen seiner Eltern nistete und in den vielen hundert Laken gewrungen wurde, die Aida im Graben gewaschen hatte. Auf seinem Schreibtisch stapelten sich noch keine Bücher, und sein Bein war noch heil und gerade wie sein Gang. Wieder rief Elemira seinen Namen, doch er zeigte keine Regung, kaute seelenruhig an seinen Rosen.

Am Küchentisch des Pianoro sitzend, sahen die Verrückten Beniamino endlich auf der anderen Seite des Zauns angekommen. Mita fixierte ihn mit offenem Mund. Aufmerksam verfolgte sie, wie die Hand ihres »Dottore« sich hob und auf die nichtvorhandenen Rosen zubewegte, ihre unsichtbaren Blüten abpflückte, sie in den Mund steckte und zufrieden kaute. Sie sah den glücklichen Ausdruck in Beniaminos Gesicht und beneidete ihn. Sie beneidete ihn um die Ruhe und Eleganz seiner Bewegungen und den Genuss, den er beim Kauen ganz offensichtlich empfand. Das war etwas, was sie in diesem Moment selbst gerne erlebt hätte, etwas, was sie von der Leere hätte befreien können, die sie auch an diesem Morgen im Leib verspürte, eine Leere, schlimmer als der Hunger, ein tiefes Sehnen, das von viel weiter herkam als aus dem Magen und sie zu einer unersättlichen Gier zwang. Also stand die sanfte Mita, die so oft abseits blieb, um unbemerkt die Bürde ihres unstillbaren Hungers zu tragen, vom Tisch auf und kam langsam auf Beniamino zu, hob wie er eine Hand zur Küchenwand und riss ein Blütenblatt ab, um es zu essen.

Abgelenkt von Elemiras Stimme, die den Namen ihres Sohnes rief, wandte Fosco am Fenster seinen forschenden Blick vom Himmel ab und dem Geschehen in der Küche zu, das sich am anderen Ende des Tisches vor der Wand abspielte. Er sah Beniamino eine Hand heben, er sah ihn etwas zum Mund führen und kauen, und sofort erkannte er in diesen Gesten das Spiel, das sie zusammen mit Doktor Rattazzi so oft im Hof des Irrenhauses gespielt hatten. Er lächelte, diese Erinnerung beglückte ihn, und als er sah, wie Mita aufstand und zu Beniamino ging, um seine Bewegungen nachzuahmen, zögerte auch er keinen Augenblick, durchquerte den Raum und stellte sich neben die beiden, um die Blütenblätter von der Mauer zu pflücken, sie zu kauen und endlich zu spüren, wie die Stille nach den Schreien, die Entspannung nach dem Zittern der Angst sich beruhigend in ihm ausbreiteten. Die Last, die er ständig mit sich herumtrug, die ihm verwehrte, in den Himmel aufzufliegen, wie er es gerne getan hätte, löste sich auf, als er Rattazzis Gesicht sah, der jetzt wieder zu ihm zurückgekehrt war, im Duft der Rosen, im Brei der Blütenblätter, die Fosco noch einmal zwischen den Fingern zerreiben konnte, wie der Doktor es ihn gelehrt hatte.

Nun erhoben sich die Irren einer nach dem anderen von ihren Stühlen und gingen in der gleichen Prozession, die Beniamino als Kind fasziniert hatte, auf die Mauer zu, um von einem unsichtbaren Rosenbusch Blütenblätter zu pflücken, mit denen sie ein wenig Frieden zu sich nehmen konnten. Jeder für sich, jeder ganz auf dieses wunderliche Kauen konzentriert, feierten sie zusammen in der Küche die Wiederkehr eines Rituals aus dem Irrenhaus, das den Raum mit einer frischen Brise erfüllte. Auch Mara, Marcella, Bruni und Marzi wurden davon erfasst, ließen sich begeistern, und sogar Elemira hörte auf, den Namen ihres Sohnes zu rufen, nachdem sie ihre Besorgnis über sein Verhalten in einem Winkel ihres Herzens abgelegt hatte.

Sie sah Beniamino mit entspannten Zügen in sein Tun versunken und die anderen um ihn herum, die sich konzentriert und gleichzeitig mühelos bewegten, sie sah ihre langsamen Gesten, in denen das Zittern nach und nach schwächer wurde, der Würgegriff der Krankheit sich lokkerte, und auf einmal erschien ihr diese Gruppe plumper, unbeholfener Menschen schön. Sie formten ein Bild im Licht der Morgensonne, die durch das Fenster fiel, um eine Szene zu beleuchten wie im Theater.

Das sah Elemira, und in dem Augenblick begriff sie, was Benimaino schon als Kind bewundert hatte, wenn er sich an den Maschendraht im Garten klammerte, und im selben Moment, als sie es begriff, packte sie ein tiefer Kummer: Sehnsucht nach Ignazios Körper, den Kaninchenkäfigen, dem Lächeln Aidas und der zum Trocknen ausgebreiteten Wäsche. Und sie dachte an das Kommen und Gehen der Verrückten im Hof, an Maras Weinen, kaum dass sie aus ihrem Bauch gekommen war, Ignazios Marktstand mit den Stoffen, die auf dem Schreibtisch ihres Sohnes zurückgelassenen Bücher und das verfluchte kaputte, verdrehte Bein. Alles vermischte sich in diesem Moment, wurde zerrieben und gekaut wie die Rosenblätter und verschwand hinter der Gartenmauer ihres Hauses, um Platz zu machen für die Szene, die sie vor Augen hatte, die sich in diesem Moment ereignete und doch Jahre entfernt war, die außerhalb von ihr geschah und doch in ihr selbst war, verborgen im Herzen ihres an einen Zaun geklammerten kleinen Jungen. Das sah Elemira und legte sich eine Hand auf den Mund, um ihre Überraschung zurückzuhalten, während sie sich nach Mara umdrehte, als suchte sie in ihrer Tochter einen Rettungsanker, an den sie das heftige Gefühl klammern konnte, das sie überwältigte.

Als Beniamino den verzweifelt nach einem Halt suchenden Blick seiner Mutter sah, erkannte er, dass Worte nicht ausreichen würden, um zu erklären, was sie einander in so vielen Jahren niemals hatten sagen können. Aber er stand endlich mitten unter den Verrückten, teilte sein Leben mit ihnen und warf alles von sich, was ihn allzulang an die Vorstellung gekettet hatte. Und so ließ er seine Aufrichtigkeit sprechen: »Versuch, mir ein Bein zu brechen«, sagte er zu Malfatti, der neben ihm stand.

Der arme Mann, eifrig damit beschäftigt, seine Blütenblätter aus Nichts zu kauen, verstand nicht. Er hielt inne und blieb reglos stehen, um Beniamino anzustarren.

»Was ist los, Malfatti, bist du nicht fähig, einem Christenmenschen ein Bein zu brechen?«

»Wie hat der Castellucci es bei dir gemacht, Dottore?« schaltete sich Renzo Bardi ein. »So!« schrie er gleich darauf und verpasste der Luft einen kräftigen Fußtritt.

Beniamino lachte.

Da kam Malfatti nach vorne und sagte: »Ich bin mal vom Birnbaum gefallen und hab mir die Knochen gebrochen.«

»Lass sehen«, sagte Beniamino, und Malfatti nahm einen Stuhl, mit dessen Hilfe er auf den Küchentisch stieg, der nun kein Tisch mehr war, sondern ein Birnbaum auf dem Land.

»Ich bin auf dem Ast«, sagte Malfatti.

Die anderen Verrückten ringsumher beobachteten ihn aufmerksam.

»Was siehst du von dort oben, Malfatti?« fragte Mita, neugierig wie immer.

»Ich sehe das Irrenhaus.«

»Ist Schwester Delia da?« fragte Giovanni.

»Das Irrenhaus hat hohe Mauern, man kann nicht hineinsehen.«

Hinter den anderen tauchte langsam Cavani auf.

»Schau durch die Fenster, Junge, versuch durch die Fenster zu schauen.«

Malfatti beugte sich über den Ast. Die Hand an der Stirn, schärfte er seinen auf die Mauer gerichteten Blick.

»Es qualmt«, sagte er.

»Was ist das? Was ist los?« fragten fast alle im Chor.

Stille hatte sich über das Land ringsum, über die Küche gesenkt, wie um die Bemühungen des Mannes zu unterstreichen, der aus der Höhe des Baumes etwas zu erspähen versuchte.

»Das Irrenhaus qualmt!« rief er aus. »Es ist bombardiert worden!«

Auf allen Seiten brachen Jubelschreie los. Giovanni umarmte Mita, Bardi und Fosco klatschten in die Hände. Auch Elemira und Mara umarmten sich, und sogar auf Brunis stets so ernstes Gesicht trat ein Lächeln. Nur Renatina blieb abseits, blickte von unten auf, wagte nicht zu sprechen.

Malfatti beugte sich noch weiter vor und rutschte dann vom Stuhl, um geräuschvoll auf dem Boden aufzuprallen. Im Liegen fasste er sich an den Kopf, dann an einen Arm:

»So bin ich vom Birnbaum gefallen und hab mir den Arm gebrochen.«

Beniamino ging zu ihm hin. Sein Schritt war noch schleppender als sonst, ein schwerer Gang, als hinge ihm ein Gewicht von hundert Kilogramm am Bein.

»Gibt es noch jemand, der sich mal was gebrochen hat?« fragte er.

»Mein Vater hat mir einen Stock auf dem Kopf zerschlagen, weil ich ihm eine freche Antwort gegeben habe«, sagte Giovanni.

»Zeig mir, wie er das gemacht hat. Renzo, du tust so, als wärst du Giovannis Vater.«

Renzo machte zwei Schritte auf seinen Kameraden zu, straffte den Oberkörper, wischte sich die Handflächen an der Hose ab und brüllte los: »Elendes Stück Scheiße, so antwortest du deinem Vater? Peng!« Und er ließ seinen Arm auf Giovannis Kopf fallen. Giovanni hielt sich sofort den Kopf mit beiden Händen und stieß schrille Schreie und Schluchzer aus.

»Mir hat der Gozzoli mal den Arm gebrochen, im Schlafsaal, als er die Riemen zu fest angezogen hat. Genau hier, an dieser Stelle war das«, sagte Mita mit finsterem Blick.

»Hat er dir weh getan?« fragte Beniamino.

»Natürlich, sehr sogar«, antwortete die Frau düster, fast beleidigt.

»Wie sehr denn?«

Mita schwieg eine Weile, dann packte sie mit einer Hand ihren Ellenbogen, krümmte sich zusammen und begann zu weinen.

»Schön, meine lieben Närrchen. Jetzt gehen wir alle zusammen mit unseren kaputten Knochen raus auf den Hof, um unsere Schmerzen ins Freie zu bringen«, rief Beniamino der Gruppe zu und begann, noch während er sich zur Tür umdrehte, laut zu jammern und zu ächzen, und sein Gang wurde noch unbeholfener und schleppender als sonst.

»Und ich will, dass man sieht, wie wir leiden. Ich will, dass man hört, wie weh es tut, wenn der Knochen in Stücke bricht. Hinterher auf dem Hof versuchen wir, alles wieder zusammenzuflicken.«

»Aber wir sind doch keine Ärzte«, wandte Renatina besorgt ein.

»Dann werden wir heute auch das lernen«, erwiderte er und hakte die Frau unter.

So sah Elemira mit Tränen in den Augen, wie ihr Sohn sich hüftlahm und wunderschön an die Spitze einer Gruppe aus hinkenden, humpelnden, schwankenden Gestalten setzte, die, ihr wirkliches Leiden zum Schein mit sich schleppend, nach draußen gingen, um es auf den Wiesen und in den Lüften zu verteilen.

In dieser Nacht fing Renatina an zu weinen, als es Zeit zum Schlafengehen war. Sie blieb auf der Treppe sitzen, die in die oberen Zimmer führte, kauerte sich auf einer Stufe zusammen und begann ohne erkennbaren Grund zu wimmern. Marcella lief los, um Beniamino zu holen, der mit Marzi, Renzo Bardi und Fosco noch immer draußen saß. Es war ein ganz besonderer Tag gewesen, ein seltsamer und wichtiger Tag. Beniaminos Ängste, vor den anderen in der Küche ausgebreitet, waren unerwartet zum Haken geworden, um den die Ängste der anderen sich gewickelt hatten, bis sie ein Knäuel aus Gefühlen, Worten und Gesten bildeten, das ihm schließlich Erleichterung verschafft hatte. Elemira, der dieses eigentümliche Benehmen anfangs Sorgen gemacht hatte, war zu ihm gegangen, als nach der Aufregung am Vormittag wieder Ruhe eingekehrt war, und hatte ihn fest an sich gedrückt, und in den Tränen in ihren Augen hatten beide endlich ihr ganzes Leid ertränken wollen.

Später war Renzo Bardi gekommen und hatte unter großen Mühen, in abgerissenen Sätzen und verlegen die Hände ringend mit Beniamino über die nichtvorhandenen Rosen in der Küche sprechen wollen. Er habe sich große Sorgen gemacht wegen Beniaminos Verhalten, weil er gedacht habe, er sei verrückt geworden, obwohl er doch der Doktor war, und erst nach einer Weile, als Malfatti auf den Birnbaum geklettert sei, habe er begriffen, dass es sich um eine Art Spiel handelte, und da habe auch er einen Hinkenden spielen wollen, um den Schmerz in einem gebrochenen Bein zu spüren, wo er doch in Wirklichkeit immer heile Beine gehabt habe, so sagte er, während er sich die Hosen aufkrempelte, um dem Doktor mit einem gewissen Stolz seine Beine zu zeigen.

Beniamino hörte Bardi zu und dachte, dass »Spiel« wirklich das richtige Wort war, denn während er so getan hatte, als würde er die Rosen essen, während er das Gewicht seines schleppenden Beins tausendmal schwerer hatte werden lassen, während er sich mit den anderen Verrückten vor dem Haus durch Gesten und Worte verständigt hatte, war es ihm wirklich so vorgekommen, als spielte er, als packte er die Ängste, die ihn seit seiner Kindheit begleiteten, um mit ihnen »Bäumchen, wechsle dich« zu spielen, um sie in die Luft zu werfen und wieder aufzufangen, zu zerlegen und wieder zu einem Mosaik zusammenzufügen und sie endlich viel deutlicher vor sich zu sehen, als er es mit Hilfe von Worten gekonnt hätte. Dafür musste er sie aus den Tiefen seines Selbst hervorlocken und ausstellen, sie allen zeigen, sie zerpflücken und ausbreiten, um die Rolle des Beniamino, der er bis heute gewesen war, wirklichkeitsgetreu zu spielen.

Dann war Marcella keuchend angelaufen, um ihm zu sagen, dass Renatina auf der Treppe saß, kein Wort sagte und sich nicht von der Stelle rühren wollte. Also war er von der Bank aufgestanden, wo er sich mit Bardi unterhalten hatte, und hatte sich neben Renatina auf die Treppe gesetzt. Die Frau hatte sich in sich selbst verkrochen, hielt den gesenkten Kopf zwischen den Knien verborgen und bedeckte ihn mit gekreuzten Armen wie eine Schildkröte, die sich vor der Welt schützt.

Beniamino versuchte, sie zu streicheln, doch sie drückte den Kopf noch tiefer zwischen die Knie. Auch als er flüsternd und langsam zu ihr sprach, erhielt er keine Antwort außer einem leisen Greinen.

Er betrachtete sie aufmerksam. Wie ein Knoten sah sie aus, wie ein Igel, der sich zusammengerollt hatte, um sich vor allem zu schützen, was sie umgab, was sie von außen bedrohte, mit dem sie keinerlei Kontakt haben wollte. Aufrichtiges Mitleid erfasste Beniamino: Dieses wehrlose Geschöpf suchte Hilfe und Zuflucht. Wenn sie gekonnt hätte, hätte sie ein Loch auf der Treppe, im Fußboden gegraben, um hineinzusteigen und zu verschwinden. Dieses Bild brachte ihn in die Vergangenheit zurück, er sah sich selbst als Kind an den Herbsttagen, an denen der Libeccio vom Meer wehte, der mit heftigen Böen bis in die Stadt kam und auf Straßen und Plätzen ein wüstes Durcheinander anrichtete. Er heulte, ließ die Fensterläden klappern, brach Äste von den Bäumen und riss Ziegel ab, begleitet von einem lauten Getöse, das Beniamino zu Tode erschreckte. Dann verkroch er sich unter den Laken und verstopfte mit der Steppdecke jeden Zugang zur äußeren Welt, so dass eine dunkle Höhle entstand, die sich bald aufwärmte, ihn vor dem Wüten des Windes schützte und ihm Geborgenheit schenkte wie eine Umarmung von Elemira.

Bei dieser Erinnerung schloss er die Augen und hielt sie fest geschlossen, um die Gegenwart hinter sich zu lassen und wieder unter die Decken seines Kinderbettes zu kriechen. Sofort verschwand alles im Dunkel, Renatina, die Treppe, Marcella und die anderen um ihn herum wurden ausgelöscht von der Schwärze, in die er eingetaucht war wie damals als Kind.

Plötzlich stand er auf und bedeutete den anderen, sie sollten weggehen. Dann lief er in sein Schlafzimmer und holte zwei Bettlaken, kehrte zu Renatina zurück und legte ein Laken über sie, so dass sie ganz bedeckt war. Bei sich tat er das gleiche.

»Wenn ich von der Dunkelheit versteckt werde, kann mich niemand sehen«, sagte er.

»Im Dunkeln bin ich sicher, niemand kann mich sehen«, wiederholte er.

Renatina bewegte sich unter dem Laken.

»Im Dunkeln versteckt, bin ich frei«, sagte Beniamino, »ich kann alles tun, was ich im Licht nicht tun würde.« Dann fing er an, eine Melodie zu pfeifen.

Renatina löste ihre Arme, mit denen sie ihren Kopf geschützt hatte, hob ihn und schaute sich um. Sie sah sich in einem Halbdunkel sitzen, das sie umfing wie Watte. Man sah nichts anderes. Es gab nichts anderes. Von irgendwoher hörte sie Beniaminos Stimme, manchmal sprach er, dann pfiff jemand ein Liedchen. Da tat sie in dieser weichen Hülle einen tiefen Seufzer, und mit diesem langen Luftstrom fiel ein großes Stück ihrer Qualen von ihr ab.

Manchmal schlug alles über ihr zusammen. Zu viele Dinge drängten sich um sie. Zu viele Augen, zu viele Hände, zu viele Worte, zu viele Geräusche. Sogar hier im Pianoro, wo es doch schön war, gab es zu viele Farben und zu viele Menschen. Auch im Irrenhaus waren zu viele Menschen, doch dort hatte es wenigstens Ecken gegeben, wo sie sich im Schutz der Mauern verkriechen, zwischen der Monotonie der Ziegelsteine und der Weite der großen Räume verlieren konnte, ohne dass jemand sich für sie interessierte. Hier aber war das unmöglich, obwohl es hier weniger Verrückte und keine Schwestern gab. Denn das Haus war klein, und in der Küche waren sie zwar weniger als im Irrenhaus, aber trotzdem noch viele. Renatina hatte Angst vor zu vielen Leuten und auch vor den zu vielen Dingen, die die Verrückten beim Essen sagten oder wenn sie nachmittags draußen spazierengingen. Und in den Zimmern waren sie zu wenigen, aber nah beieinander und nicht im Raum verteilt wie in den Schlafsälen. Darum würde sie nicht mehr in ihr Schlafzimmer hinaufgehen, denn zu viele Leute und zu viele Worte schnürten Renatina die Kehle zu, dann fiel ihr das Atmen schwer, und alles drehte sich um sie herum.

Doch jetzt, im Schutz der warmen Hülle, die sie umgab, konnte sie endlich freier atmen und ruhig dem Liedchen zuhören, das jemand pfiff, oder der Stimme von Doktor Beniamino, der manchmal etwas sagte. Sie hörte gerne zu. Sie schaute auch gerne zu, aber nicht, wenn es zu viele Stimmen oder zu viele Menschen gab, die sich bewegten. So wie heute morgen in der Küche, als alle angefangen hatten, Rosen zu kauen. Zu viele Münder und zu viele Rosen. Und dann waren sie hinkend auf den Hof hinausgegangen, um zu reden und zu spielen, zu singen und sich Geschichten zu erzählen. Sie hätte auch gerne geredet und gesungen. Aber da waren zu viele Menschen, die redeten, zu viele, die sangen, also war sie zusammengekauert sitzen geblieben, um sich vor diesem auf sie herabregnenden Stimmengewirr zu schützen.

Nun aber war sie endlich allein, niemand beobachtete sie, es gab nur jemanden, der pfiff, und Beniaminos Stimme, die manchmal etwas sagte. Also hob sie den Kopf noch ein wenig höher, atmete tief aus und begann das Lied zu singen, das ihre Großmutter ihr zum Einschlafen gesungen hatte, als sie klein war:

Renatina, meine
liebe, hübsche Kleine
läuft am goldnen Strand
auf dem nassen Sand
will den Schlaf ihr bringen
ihr ein Liedchen singen
auf dem Schoß da weint sie nicht
draußen streut der Mond sein Licht.

Renatina sang eine Weile und spürte, wie ihr beim Singen die Brust weit wurde und etwas sie zwang, immer lauter zu werden, die sanften Töne des Schlaflieds in einen Gesang zu verwandeln, mit jeden Wort lauter, bis er zu einem Rufen, einem verzweifelten und glücklichen Schrei wurde, den sie, geschützt vor zu vielen Augen und zu vielen Stimmen, im Dunkel unter dem Bettuch auf der Treppe und von dort endlich in die Welt entlassen konnte.

Unter seinem Laken hörte Beniamino die Stimme Renatinas ein Lied trällern. Es war eine sanfte Weise, ein Schlaflied vielleicht, wenige Strophen, die sie nun schon seit einer Weile wiederholte. Doch mit jeder Strophe wurde der Gesang lauter und sicherer, und schließlich hatte er sich in ein mächtiges, entschiedenes Geschrei verwandelt. Niemand hätte in diesem Gebrüll die Stimme des scheuen, fügsamen Vögelchens erkannt, als das man Renatina sonst erlebte.

Beniamino erschrak, er hatte das beängstigende und gleichzeitig erregende Gefühl, etwas Magisches, Zartes, aber Mächtiges heraufbeschworen zu haben. Einen Augenblick lang dachte er an Rattazzi, und seine Besorgnis legte sich. Dann lachte er über diesen unvergesslichen Tag. Erst hatten sie bei dem Spiel, bei dem jeder sich mit seinen kaputten Knochen mühsam über den Hof schleppen musste, ihre Ängste freigesetzt, dann hatte Beniamino die Verrückten aufgefordert, einen Kreis auf der Wiese zu bilden. Als er sie dann alle zusammen gesehen hatte, eifrig damit beschäftigt, mit Hilfe von Gesten und Worten den Schmerz zu beschreiben, den sie empfanden, war er einen Augenblick lang glücklich gewesen und hatte sich in ein fremdes Land versetzt gefühlt, unter Menschen, die jeder eine unbekannte Sprache sprachen, die einander oft nicht verstanden, sich aber bemühten, es immer wieder versuchten, einander übertönten, über ihre Sätze stolperten, abbrachen und von neuem begannen. Ein fremdes, faszinierendes Land, wo, wie auf einer Reise, an jeder Ecke Abenteuer und Schönheiten, Gefahren und Vergnügungen warteten.

Da hatte er eine neue Kraft in sich gespürt, eine Heiterkeit, die ihm plötzlich Lust machte, wirklich aufzubrechen, seine Irren zu nehmen und irgendwohin zu fahren. Als stünde er oben auf einem Abhang und könnte endlich ohne zu hinken hinunterlaufen, sagte er, ohne zu überlegen: »Jetzt spiele ich einen, der abreist, der von hier weggeht, um zu sehen, was es alles in der Ferne gibt, einen, der kreuz und quer durch viele Länder und durch die Zeit fährt, damit er sich zum Beispiel vorstellen kann, wie es im Pianoro aussah, bevor wir hier ankamen, vor zehn Jahren. Oder vor hundert Jahren.«

»Ich will nicht weg von hier«, hatte Renzo Bardi schmollend erwidert.

Beniamino hatte ihn angesehen: Renzos Lippen zitterten, als würde er gleich in Tränen ausbrechen. Wie ein Kind wirkte er, ein Kind, dem jemand angedroht hatte, ihm sein Lieblingsspielzeug wegzunehmen.

»Du hast recht, Renzo. Hier im Pianoro lässt es sich wirklich gut leben, wie Gott in Frankreich.«

Bei diesen Worten lachte Mita laut auf.

»Das hat meine Großmutter auch immer nach dem Essen gesagt.«

»Was hat sie gesagt?« fragte Beniamino aufmunternd.

»Wir haben wie Gott in Frankreich gegessen, sagte sie. Wir haben wirklich wie Gott in Frankreich gegessen«, und dabei streckte sie, kerzengrade und stocksteif vor den anderen stehend, die Brust vor, um Zufriedenheit auszudrükken. Sofort gab es Gelächter und Bemerkungen, die auch Renzo Bardi wie ein warmer Schal umhüllten. Beniamino sah, dass er ein schwaches Lächeln wagte und einen tiefen, befreienden Seufzer ausstieß.

»Ihr habt doch immer am Hungertuch genagt«, warf Malfatti unterdessen bissig ein.

Mitas Miene verfinsterte sich, sie sah Malfatti schief an, und ihr feindseliger Blick ließ nichts Gutes ahnen. Beniamino bemerkte es und beschloss einzuschreiten.

»Warum sagst du so was, Malfatti?«

Der Mann zeigte mit rotangelaufenem Gesicht auf Mita.

»Ich kenne doch ihre Familie. Und ich erkenne Leute, die am Hungertuch nagen.«

»Wieso, wie sieht denn jemand aus, der am Hungertuch nagt?« fragte Beniamino. Da ließ Malfattis gewohntes Zittern nach, und er sah sich im Kreis um, als wollte er sich vergewissern, dass alle ihm zuschauten. Dann knöpfte er seine Weste auf, zerrte das Hemd aus der Hose, drehte die Füße nach innen und streckte eine Hand nach Beniamino aus, als bettelte er.

»So sieht dieses Lumpenpack aus, genau so«, sagte er. Gekrümmt und zerzaust, die Augen verdreht, war er ein paar schleppende Schritte gegangen, die ihn vollends zu einer lächerlichen Figur machten. Fosco und Renzo Bardi waren sofort in Gelächter ausgebrochen, gefolgt von Mara, die, an den Türpfosten gelehnt, die Szene beobachtete, und sogar von Bruni, dessen übliche Maske aus Ernst sich in einem Lächeln auflöste.

Als sie die belustigten Reaktionen aller Anwesenden sah, vergaß Mita, die zunächst mit gesenktem Kopf beleidigt stehengeblieben war, ihren Groll und stimmte in das Gelächter ein. Dann stellte sie sich vor Malfatti hin.

»Ich gehöre auch zu dem Lumpenpack«, und mit diesen Worten zeigte sie allen den großen Flicken auf dem Unterrock, den Elemira ihr besorgt hatte.

Dann pflanzte sie sich mitten im Kreis auf und vergewisserte sich mit einem Blick in die Runde, dass alle ihr zuhörten.

»Mein Vater war ein König, genau wie der Duce«, sagte sie in gewichtigem Ton. »Und ich war eine Prinzessin, denn er wollte nicht, dass jemand mich anrührte, darum schloss er mich in Montaio in dem Zimmer hinterm Stall ein.«

Mita nickte mit dem Kopf, wie um sich selbst zuzustimmen.

»Ich war die Prinzessin des Hauses in Montaio«, wiederholte sie und warf hocherhobenen Hauptes einen stolzen Blick in die Runde.

Beniamino hatte sie beobachtet. Das Haus in Montaio war vor ihm aufgetaucht und mit ihm die Gestalt von Mitas Vater, Cesco Mori, den alle weit und breit ringsum fürchteten und mieden.

»Dein Vater war der Duce«, sagte er unwillkürlich.

Da stemmte Mita mitten im Kreis der Verrückten die Hände in die Seiten, genau wie der Duce, und begann nach rechts und links Befehle auszuteilen.

»Los, geh melken, schnell!« schrie sie Renatina an.

Dann blickte sie zu Cavani hinüber: »Ich schlag dir den Schädel ein, verdammtes Schwein!«

»Ich will mein Essen auf dem Tisch, und wehe dem, der einen Mucks macht!« rief sie und schlug mit der Faust auf einen imaginären Tisch.

Da erhob sich Giovanni von seinem Platz.

»Du sollst Vater und Mutter ehren«, sagte er, den Zeigefinger zum Himmel erhoben.

Mita würdigte ihn keines Blickes, sondern verschärfte sogar den Ton ihrer Befehle mit Tränen in den Augen, bis daraus richtige Schreie wurden.

»Gottvater befiehlt«, rief Giovanni ekstatisch aus. »Er regelt. Er lenkt. Er bestimmt. Er tötet.«

Und nach einem langsam geschlagenen Kreuzzeichen versank er in ein inbrünstiges, leise gemurmeltes Gebet.

Beniamino hatte ihnen zugesehen. Wie auf einer Theaterbühne inszenierten die Verrückten vor dem Bühnenbild des Pianoro ihr Leben, erfüllten den Hof mit Worten und Gesten, ließen sie aufeinanderprallen, sammelten sie ein und aßen sie wie die Rosenblätter, und endlich verströmten auch diese Worte und Gesten ihren Geruch aus Leid und Verwirrung, aus einem verzweifelten Bedürfnis nach Liebe, nicht anders als das, was Schauspieler zum Ausdruck bringen.

Auf der Treppe unter dem Laken sitzend, neben sich Renatina, die mittlerweile aus vollem Halse brüllte, beschloss Beniamino, diese Schreie aufzunehmen und selbst zu einem Teil der Vorführung zu werden. Er sog so viel Luft ein, wie er nur konnte, und ließ sie dann in einem sonderbaren Gesang herausströmen, einem Schwall unterschiedlicher Töne, unter die er das Geräusch seines brechenden Beines mischte: Er sah vor sich Ignazios vom Tod überraschtes Gesicht, die Brüste von Marcella, Aidas Hände, roch den Gestank der Schlafsäle im Irrenhaus, sah Elemiras Tränen, die Mauer aus braunen Ziegelsteinen, das Lager für die Stoffballen und hörte die letzten Worte Rattazzis, die er nicht verstanden hatte.

Er streckte einen Arm unter dem Laken hervor und zog Renatina zu sich heran, und gemeinsam sangen und brüllten sie, bis Zufriedenheit und Müdigkeit sich einstellten und er spürte, wie der winzige Körper der Frau sich unter dem Schutzschild aus Baumwolle, den er ihr geschenkt hatte, langsam entspannte und sie sich zuletzt einer wohligen Ruhe hingab, mit der sie der Nacht entgegensehen konnte.

Hand in Hand gingen Beniamino und Marcella über die Straße nach Prati, und nur das Knirschen der Kiesel unter ihren Schritten unterbrach die Stille ringsum. Jeder in seine eigenen Gedanken versunken, waren sie wie zwei Inseln, die in der weichen Luft des Sonnenuntergangs schwammen, mit ruhigen Schritten auf einer Landstraße dahintreibend. Dennoch vereinigte sie das Band der Liebe, weit stärker noch als der Händedruck, mit dem sie ihre Körper verbanden. Beide dachten sie über die Zeit nach, darüber, wie seltsam beweglich der Gang der Stunden, die Abfolge der Momente doch war, und über die Versuche der Menschen, Regeln festzusetzen, um die Zeit messen zu können, indem sie die Sonnenaufgänge und Sonnenuntergänge zählten, Uhren und Kalender konsultierten.

Alle Versuche, der Zeit Regelmäßigkeit zu verleihen, scheiterten jedoch an den Gefühlen, die aufeinanderfolgende Ereignisse, Begebenheiten und Gedanken in ihnen hinterließen, denn dieser Wirrwarr entzog sich jeder Regelung. Die wenigen Wochen, die seit der Ankunft im Pianoro vergangen waren, erschienen ihnen wie Monate oder sogar Jahre, und diese Zeit war in einem sehr viel schnelleren Rhythmus verflogen als ihr bedächtiges Gehen auf der Straße, dem ihre Schritte den Takt vorgaben.

So viel war geschehen, seit Rattazzi den Umzug der Irrenanstalt organisiert hatte, und jedes einzelne dieser Ereignisse zog die Zeit zusammen oder dehnte sie aus, verbreitete sich als klebrige Masse oder verglühte im Blitz eines Augenblicks. Die Augenblicke der Liebe zum Beispiel waren Jahrhunderte aus tiefem Atem, weite Wasserflächen, auf denen man sich ohne Eile, ohne Mühen forttragen lassen konnte.

Die Stunden, die sie neben Rattazzis reglosem Körper gewacht hatten, waren Monate, Jahre gewesen, in denen der Kummer sich mit Sorge und Angst vermischt hatte und die Zukunft zu Marmor erstarrt war. Auch konnten die Spiele, bei denen Beniamino lernte, das Leben der Irren frei umherschweifen zu lassen, ebenso ein rasch verfliegender Augenblick sein, der sich in einem Lächeln von Fosco oder im eleganten Rhythmus der von Cavani rezitieren Verse erschöpfte, wie sie, umgekehrt, zu dem langsamen Keuchen aus Mitas stockenden Erinnerungen werden konnten oder zu der Sackgasse, in die der immer mit seinem Gott hadernde Giovanni geriet, oder zu der Geste, die Malfatti tödlich beleidigte und ihn zwang, sich einzukapseln.

Auch zwischen Beniamino und Marcella verlangsamte und beschleunigte sich die Zeit, nahm sich weite Räume aus Lächeln, der Arbeit abgerungen, die sie während des Tages beschäftigte, so dass ein Blick durch das Fenster oder eine Handbewegung zu einer jähen, heißen Flamme im Herzen wurde, die Müdigkeit oder Angst verfliegen ließ. Die Pausen aber, die Stunden, die sie der Nacht stahlen, die Abende, an denen sich, fast wie ein Zauber, Stille über das Haus senkte, und sei es auch nur für wenige Minuten, empfanden sie dagegen wie einen Stillstand der Zeit, wo der Atem leise ging und eine Ruhe herrschte, die geradezu ewig schien, während sie doch gefährdet war wie die Flamme eines Streichholzes im Wind.

Eine so ungewisse und ewige Zeit verbrachten Beniamino und Marcella auf ihrem Weg nach Prati, während sie durch die traumartige Stille schritten. Aus der Vogelperspektive, so wie Fosco sie gesehen hätte, wenn er das Spiel seines Wahnsinns spielte, wären sie wie zwei kleine Boote erschienen und die Schotterstraße wie das Kielwasser ihrer Spur durch das grüne Wiesenmeer der Hügel, das sie und ihre Liebe, ihre Hoffnungen, ihr Leben umgab, während der Krieg nahte.

Wie zwei einsame Boote bewegten sie sich, und auf diesem stillen Weg, beschäftigt mit ihren Gedanken und der Liebe, kamen sie zu der kleinen Kapelle direkt an der Stelle, wo die Straße zu den Hügeln von Prati anstieg.

Als sie eintraten, störte das Geräusch ihrer Schritte die Stille in dem Raum. Mit ihnen drang ein scharfer Lichtstrahl durch die halbgeöffnete Tür, zerteilte den Schatten, in dem vier Bänke und ein Weihwasserbecken standen, und fiel auf die Wand über dem kleinen Altar. Die Strahlen der untergehenden Sonne beleuchteten ein Fresko. Beniamino und Marcella staunten, beeindruckt von der Schönheit des Bildes, der Harmonie seiner Farben und dem Frieden, der von ihm ausging. Zwei Engel hoben einen Vorhang, hinter dem sich würdevoll eine Mutter, eine Madonna offenbarte, die zärtlich auf ihren schwangeren Leib wies. Eine Hand lag auf ihrem Schoß, wie zum Schutz des ungeborenen Kindes, die andere war auf die Hüfte gestützt.

Beniamino und Marcella blieben stumm stehen, beide überwältigt von dem gleichen Gefühl, welches das Fresko in ihnen auslöste, als wäre diese Erscheinung nur für sie gemalt worden, als wartete sie schon wer weiß wie lange auf sie beide.

Keiner sprach. Nur ihr Händedruck wurde fester, und schließlich drängte sie die Gefühlsbewegung, einander in die Arme zu fallen, als würden sie über diese Entdeckung jubeln und sich gleichzeitig vor ihr schützen wollen. So begriff Beniamino, dass er Vater werden würde, und Marcella spürte, dass sie ein Leben in sich trug, gerade so, als hätten die beiden Engel den Schleier über ihr angehoben.

In Beniaminos Armen gab sie sich ihrer Rührung über diese Offenbarung hin, dem Stolz, die Frucht der Liebe zu bergen, die sie mit Beniamino vereinigte. Er hielt sie jetzt fest umarmt, und in seiner Umarmung hätte sie sich auflösen mögen, um vor allem zu fliehen, was sie beide bedrohte. Von der Wand fiel der Blick einer anderen Frau auf sie, und in dieser erhabenen Gestalt las sie die Verantwortung, die die Erkenntnis mit sich brachte, Mutter zu sein, Ursprung, Schutz von etwas, dessen Form und Schicksal sie nicht kannte, das ihr aber schon in dem Moment, in dem sie seine Existenz begriffen hatte, zu groß und zu schön erschienen war, um in ihr enthalten zu sein.

In den Armen ihres Geliebten an den Blick geklammert, der sie von der Wand fixierte, fühlte Marcella die Hülle ihres Körpers, die fleischliche Materie, die ihr immer die Gewissheit gegeben hatte, als ein reales Wesen in der Welt zu sein, verschwinden, und in diesem Augenblick wünschte sie, sie wäre wie einer der Irren und hätte den Mut, sich mit beiden Beinen fest auf den Boden der Kapelle zu stellen, um dort reglos stehenzubleiben, geschützt von den vier Wänden und dem Blick über dem Altar, der sie bewachte, und so mehrere Monate lang zu warten, dass dieser Keim des Lebens in ihr reifte, weit weg von dem, was draußen war, gleich hinter den drei Stufen, die zur Kapelle hinaufführten.

Auch Beniamino überließ sich dem Strom von Marcellas Wünschen, einem Glücksgefühl, das in ihm explodierte, und einer quälenden Angst um das, was dieses Kind, das sie von nun an vereinte, würde erleiden müssen, wenn es auf die Welt, auf diese Welt kam.

Sie standen noch eine Weile engumschlungen und stellten dabei fest, dass die Elastizität der Zeit ihrem Leben in diesen wenigen Minuten eine wahre Ewigkeit entzogen hatte, denn tatsächlich spürten sie, als sie hinausgingen, deutlich, dass sie sich verändert hatten, als wären Jahre vergangen.

Im Bewusstsein dieses neuen Zustands wanderten sie den Hügel hinunter, und erst als sie das Haus zwischen den Zypressen erblickten, blieb Marcella stehen, nahm Beniaminos Gesicht in ihre Hände und unterbrach das Schweigen, das beide bis jetzt begleitet hatte: »Ich habe Angst«, sagte sie.

Beniamino hätte sie ermutigen wollen, so wie er es nach Rattazzis Tod getan hatte, als die Blicke der Bewohner des Pianoro sich hilfesuchend auf ihn geheftet hatten. Mit dem Mut der Ahnungslosigkeit hatte er sich damals einem Gefühl überlassen, das Rattazzi ihm vererbt hatte. Er hatte sich in verworrene Ideen gestürzt, die der Doktor ihm nie bis in alle Einzelheiten erklärt hatte, Ideen, bei denen es um den Mut ging, mit dem Leben zu spielen, die Karten neu zu mischen, an Träume zu glauben und, wenn nötig, selbst verrückt zu werden.

Gerne hätte er klare, überzeugende Worte gefunden, die Marcella beruhigen, ihre Liebe und das, was ihre Liebe hatte entstehen lassen, schützen konnten, doch dort, wo sie jetzt standen, hörte man bereits die Stimmen der Verrückten, den Lärm von Marzis Lastwagen, der gerade angefahren kam, in der Ferne das Geräusch von Elemiras Hacke, die im Garten arbeitete, und jede einzelne dieser Stimmen, jedes Geräusch, jede Einzelheit dessen, was er sah, brachte Bilder und Erinnerungen, Ideen, Satzfetzen, Farben und Gerüche mit sich, die nichts anderes bedeuteten, als dass sie noch immer dort waren, noch immer lebendig und frei, und all diese Eindrücke waren da, um von ihm angenommen oder weggesperrt zu werden, genauso wie die Ärzte es mit dem Leben von Geisteskranken in einer Irrenanstalt machen konnten.

»Ich auch«, antwortete er nur lächelnd, nahm ihre Hände und küsste sie so zärtlich, wie er die Hände des Kindes geküsst hätte, das sich in ihr verbarg. Dann nahm er sie an der Hand wie eine Spielkameradin, und wie Kinder rannten sie das letzte Stück Wegs, schreiend und komische Verse singend, Beniamino mit seinem Hinkebein, das er hinter sich herzog, und Marcella mit ihrem Rock, der wie eine Fahne flatterte, und beide machten sich mit Worten Luft, die keinen anderen Sinn hatten als den, die Angst freizulassen, die sie bis jetzt begleitet hatte, damit sie die Wiese hinabrollte, bis zum Haus und darüber hinaus und auf der Straße durch die Schlucht in Richtung Stadt verschwand, von wo man Marzis Lastwagen heranfahren sah.

Die beiden kamen im Pianoro an, erfüllt von einer Fröhlichkeit, die sich unterwegs an sie geheftet hatte wie Staub, aufgewirbelt vom Wind, und so verteilten sie diese Fröhlichkeit auf die anderen. Alle lachten, machten Späße und spielten Fangen, angesteckt von einer Unbeschwertheit, die das Dunkel vergaß und aus den Gedanken verscheuchte, was gleich hinter dem Hügel geschah, als wäre der Ort, wo sie lebten, eine unantastbare Oase, ein Dorf in einer anderen Welt.

Ein Rest dieser Fröhlichkeit blieb an ihnen haften, als sie sich zum Abendessen, das Elemira und Mara zubereitet hatten, an den Tisch setzten. Die allgemeine Ausgelassenheit regte Mita dazu an, ihre sinnlosen Worte aneinanderzureihen, Worte, so verrückt wie sie selbst, aber auch Schlafliedchen und Kinderreime, die alle bei guter Laune hielten.

Von dieser Stimmung mitgerissen, nahm Fosco seinen Mut zusammen, kam aus seinem Schneckenhaus hervor und stand auf, um ängstlich und schüchtern Aufmerksamkeit zu erbitten.

»Dottore«, sagte er leise, zu Beniamino gewandt, »ich habe eine Geschichte, Geschichte. Zu erzählen. Eine Geschichte, denn eine Geschichte muss erzählt werden, sonst ist sie eingeschlossen wie wir, die Verrückten, und das mag ich nicht.«

Beniamino ermutigte Fosco, bat die Truppe, still zu sein, und forderte ihn dann abermals auf: »Dann leg los, der Pianoro hat schließlich keine Mauern, und Geschichten können wir hier zwischen den Tellern und Tischen hindurch und dann über die Wiesen laufen lassen.«

Fosco blickte in die Runde und krampfte, eingeschüchtert durch die Zurufe der Anwesenden, verlegen die Hände ineinander, bis er, noch einmal von Beniamino ermuntert, zu erzählen begann.

»Da gab es einen Fluss«, sagte er, den Blick starr auf seinen Doktor gerichtet, »und in der Nähe von diesem Fluss, du weißt schon, wo es ganz viel Wasser gibt, das langsam fließt, bevor es sich ins Meer stürzt«, und er breitete die Arme aus, als wollte er einen unermesslichen Ozean umfangen, während seine Lippen das Rauschen des Wassers nachahmten. »In der Nähe von diesem Fluss waren Fischer, Fischer, solche, die Fische rausholen und sie dann verkaufen. Das waren Leute ohne Flausen im Kopf, nicht so wie wir«, sagte er lachend, »Leute, die halt Hunger hatten, darum fingen sie die Fische und verkauften sie. Und sie aßen sie auch. Alle zusammen aßen sie und fischten sie. Und verkauften die gefangenen Fische. Außerdem jagten sie auch, denn ringsum gab es Sümpfe voller Vögel und Fasanen und Enten.«

Fosco brach ab, die Hände gefaltet, wartete er, um das Publikum zu betrachten, das mittlerweile still geworden war, sich nicht rührte und darauf wartete, dass er weitermachte.

»Gut. Eines Tages kamen zwei fremde junge Männer zufällig in diese Gegend, zu diesen Leuten, sie kamen von irgendwoher, von wo, weiß ich nicht, aber von weit, weit weg, hatten andere Namen, andere Sitten und eine andere Sprache. Sagen wir, sie waren Deutsche. Sie zogen umher, um die Welt zu sehen, und sie kamen zufällig an diesen Fluss, zu diesen Leuten.«

»Waren es welche von den bösen Deutschen?« fragte Mita.

»Es waren einfach Deutsche, es hätten auch Franzosen sein können«, antwortete Fosco ein wenig ärgerlich, dann fuhr er fort.

»Was immer sie waren, für uns ist jedenfalls wichtig,

dass sie eine Ente dabeihatten, ein kleines, zartes Entchen, das sie auf ihren Reisen begleitete. Klein und zart«, betonte er und formte mit den Händen eine kleine Kugel, während Renatina lächelnd eine imaginäre Ente am Arm wiegte.

»Die Fischer nahmen sie auf, und alle setzten sich an einen Tisch, an einen Tisch ...« wiederholte Fosco mit einem unsicheren Blick in die Runde, doch dann lachte er glücklich, weil er ein gutes Beispiel gefunden hatte, und platzte heraus: »Genauso wie wir jetzt hier im Pianoro, wie der Tisch, wo man essen und trinken kann, also aßen und tranken auch sie und hießen die Deutschen oder Franzosen, was auch immer sie waren, willkommen«, schloss er und warf zum Zeichen der Freude die Hände in die Luft, was sofort von einigen seiner Zuhörer nachgeahmt wurde, die lachten und Freudenschreie ausstießen, bis Elemira, Marcella und Beniamino für ein wenig Ruhe sorgten.

»Doch es kann passieren, dass Menschen sich von einem Fest ablenken lassen. Dass man, wenn man feiert, seine Gedanken und seine Sachen vergisst«, sagte er mit düsterem Blick und ernster Stimme.

»Sie saßen nämlich alle zusammen, aßen und tranken, erzählten Geschichten und feierten, und darum merkten auch die Deutschen nicht, dass das Entchen losgelaufen war, um sich den Ort anzuschauen, an den es geraten war, so wie du es gemacht hast«, und er zeigte auf Mita, »an dem Tag, als wir hier angekommen sind, da bist über den Hof gegangen und runter über die Felder hinter dem Schuppen, um dir anzuschauen, wie es im Pianoro aussieht.«

»Haben sie das Entchen denn wiedergefunden?« fragte Renatina mit besorgter Stimme, gefolgt von Giovanni, der sich hitzig ihrer Frage anschloss, so dass Beniamino und die anderen erneut ihre liebe Mühe hatten, die Zuhörer zu beruhigen, indem sie ihnen versicherten, wenn sie Fosco nur reden ließen, würde er allen vom Schicksal des Entchens berichten.

Fosco blieb aufrecht stehen, das Interesse, das seine Geschichte bei den Anwesenden fand, bestärkte ihn, und die Unterstützung von Professor Cavani, der ihm mit ein paar lateinischen Versen über die Vorzüge und Nachteile des Festes beipflichtete, erfüllte ihn mit Stolz.

»Sie gingen es suchen«, rief er laut. »Die beiden Deutschen, Franzosen suchten es wie der Doktor und Marzi uns suchen, wenn wir uns zu weit vom Pianoro entfernen, auch wenn wir keine Enten sind. Sie machten sich Sorgen. Sie fragten überall nach dem Entchen, und ihre Gesichter waren kummervoll, aber niemand hatte es gesehen.«

Stille hatte sich über den Tisch gesenkt, und die Beklemmung war so deutlich spürbar, dass Fosco sich veranlasst sah, diese Wirkung zu verstärken.

»Sie weinten sogar«, sagte er, »und zeigten allen ein Foto von ihrem Entchen, damit die Leute es wiedererkennen konnten, und sie versprachen demjenigen, der es ihnen zurückbrachte, Geld und alles mögliche.

Gut«, resümierte er dann, beglückt über die Stille in der Küche.

»Sie gingen auch zu ihren Freunden, den Fischern, und die empfingen sie so, wie man Freunde empfängt, ja sie boten ihnen sogar ein Abendessen mit Fisch und Wild an, das sie soeben gejagt hatten, und so aßen sie zusammen und hörten sich die Geschichte vom verschwundenen Entchen an.«

An dieser Stelle hielt Fosco inne, wartete noch einen Moment, damit die Spannung noch größer wurde, und fuhr dann sehr viel langsamer fort, als enthüllte er ein Geheimnis: »Dann zogen die beiden Deutschen das Foto hervor, das einer von ihnen in der Tasche hatte, also zog er es heraus, und sie zeigten den Fischern ihr Entchen«, und bei diesen Worten zog Fosco ein imaginäres Foto aus seiner Tasche, hielt es sich vor die Augen und starrte es eine ganze Weile lang an.

»Da kamen einem der Fischer plötzlich Zweifel«, fuhr er fast flüsternd fort, so dass die Anwesenden die Ohren spitzen mussten.

»An diesem Morgen hatte er nämlich eine merkwürdige Ente geschossen, von einer Sorte, die er noch nie zuvor gesehen hatte, aber sie schien dieselbe zu sein wie die auf dem Foto, und diese Ente hatten sie soeben gekocht und den Deutschen zum Essen angeboten.«

»O mein Gott!« rief Giovanni aus, während Renatina entsetzt die Hände vor den Mund schlug.

»Aber ein Fischer oder ein Jäger hat keine Schuld. Er jagt und fischt, und dann isst er den Fisch oder den Fasan, er kann ja nicht wissen, dass jemand den kennt«, versuchte Fosco zu erklären, »und dieser Fischerjäger, der das Foto in der Hand hielt, begriff, dass er den Deutschen wahrscheinlich einen Kummer zugefügt hatte, obwohl es gar nicht seine Schuld war.«

Ein Stimmengewirr übertönte diesen letzten Satz, dazwischen hörte man Renatinas trauriges Schluchzen und das Flüstern Marcellas, die sie zu beruhigen versuchte.

»Ein Fischer hat keine Schuld, was soll er denn sonst fischen, aber er will dem Besitzer von den Fischen oder den Enten bestimmt kein Leid zufügen«, fuhr der Junge erregt fort.

»Außerdem merkte dieser Fischerjäger, dass die beiden Deutschen traurig waren und dass er ihnen, ohne es zu wissen, Unrecht getan hatte, und das hab ich bei meinem Vater auch mal so gemacht«, schrie Fosco nun fast, ohne den Blick von Beniamino zu lösen, der ihn mit einem Nicken aufforderte, weiterzusprechen.

»Aber jetzt hört zu, wie es weitergeht!« rief Fosco den anderen zu, die sofort verstummten.

»Er merkte also, dass er nicht besonders nett gewesen war, und sagte es seinen Freunden, und sie überlegten gemeinsam, was sie tun konnten, so wie ich mich mal in den Arm geschnitten hab, damit mein Papa mir verzeiht«, sagte er, indem er den rechten Ärmel seines Hemdes aufkrempelte und die Narbe vorzeigte, die seinen Arm vom Handgelenk bis zum Ellenbogen verunstaltete.

»Denn man muss ein Opfer bringen, um den anderen für seinen Kummer zu entschädigen. Etwas muss getan werden, um die Freundschaft zu erhalten und die Liebe, es kann auch ein Geschenk oder ein Gefallen sein, damit die Dinge wieder in Ordnung kommen und man keine bösen Gedanken mehr hat und böse Träume und Stimmen, die einen zwingen, zu bereuen, was man gar nicht tun wollte, aber trotzdem getan hat«, sagte Fosco, der an diesem Tag hochaufgerichtet vor dem Tisch stand, mit Tränen in den Augen als Geschenk an die Hausbewohner.

»Diese Fischerjäger, die fischten und den Fisch verkauften und ihn aßen und auch die Fasanen und Enten aßen, die sie fingen, weil sie Hunger hatten, denn wenn einer Hunger hat, muss er essen, so wie ich schlafe, wenn ich müde bin, die brachten also ein Opfer. Diese Fischerjäger gingen in die Stadt, in die Geschäfte, wo Enten verkauft werden, und kauften ein Pärchen, und dann ließen sie es an dem Fluss frei, wo sie lebten, und dabei schworen sie, dass sie niemals mehr Enten essen würden, auch nicht, wenn sie Hunger hatten«, betonte er mit belegter Stimme, »und wenn ihr jetzt dorthin geht, werdet ihr an den Ufern dieses Flusses immer noch einen Haufen Enten finden, die friedlich und glücklich leben, als gute Freunde der Fischerjäger von dort.«

Hochrot im Gesicht und verschwitzt wie nach einer großen Anstrengung, wischte Fosco sich mit dem Unterarm die Tränen aus den Augen und setzte sich mit noch immer zitternden Lippen auf seinen Stuhl, um der Stille in der Küche zuzuhören.

In dieser Stille ertönte plötzlich der Lärm von Fahrzeugen, die durch die Schlucht hinunterfuhren. Mara, die gerade Gläser abtrocknete, sah die Fahrzeugkolonne in das letzte Stück Weg vor dem Haus einbiegen und stieß einen verzweifelten Schrei aus: »Die Deutschen!«

Noch bevor Beniamino aus dem Fenster schaute, wechselte er einen Blick mit Marzi. Es war ein flüchtiger Blick, doch barg er das Wissen um die nahende Gefahr. All die Vermutungen, die sie tagelang nur in hingeworfenen Bemerkungen angedeutet, gestreift hatten, weil ihnen der Mut fehlte, sie klar auszusprechen, standen jetzt vor der Tür.

Wieder spürte Beniamino das vertraute Gefühl der Ohnmacht, das immer in Angst umzuschlagen drohte. Wieder vermengten sich in diesen wenigen Augenblicken die Erinnerungen an Ignazios Gesicht und die verstaubenden Lehrbücher der Medizin auf dem Schreibtisch, das Geräusch des brechenden Beins, Marcellas Augen, die an seinen hingen, und der majestätische Blick der Madonna, die auf ihren schwangeren Leib wies. Und er sah Fosco die Vogelschwärme über den Hof verfolgen, hörte die Musik in Cavanis Versen, roch den Duft der Rosen des Irrenhauses und hörte die letzten, unverständlichen Worte, die Rattazzi ihm ins Ohr geflüstert hatte.

All das verknäulte sich in ihm, so dass ihm fast schwindelig wurde, es war eine Flut, die ihn überschwemmen und ertränken würde. Renatinas Stimme rüttelte ihn auf, sie war der Rettungsring, an den Beniamino sich klammerte, um dem Strudel zu entkommen, der ihn einzusaugen drohte, sie brachte ihn zurück in die Küche zwischen seine Verrückten, zu Marcella und Elemira, Bruni, Marzi und Mara, mit denen er sich nun dem Krieg stellen musste.

»Sind sie gekommen, um ihr Entchen zu suchen?« hatte Renatina gefragt.

Die Naivität ihrer Frage erschien Beniamino in diesem Moment wie die einzig sinnvolle Flucht aus dem Käfig, in dem sie sich befanden. Es waren wenige Worte, aber sie verpflichteten ihn zu einer Antwort.

»Vielleicht, aber wir haben nichts zu befürchten, weil wir niemals Enten gegessen haben«, gab er Renatina lächelnd zur Antwort und umarmte sie; und während er sie an sich drückte, um sie zu trösten und vor dem zu beschützen, was sie nicht sehen konnte, merkte Beniamino, dass er sich gleichzeitig selbst Mut machte, dass auch er in dieser Umarmung, in Renatinas Worten, in ihren so weit von der Realität entfernten Gedanken Trost und Zuflucht finden konnte.

Ermutigt durch diese Erkenntnis, bat er die anderen, ruhig zu bleiben und ihn allein sprechen zu lassen. Renatina vertraute er Marzi und Bruni an, sagte, sie sollten die Irren nach oben in die Schlafzimmer bringen und bei ihnen bleiben. Dann ging er zur Tür, um die Soldaten zu empfangen, die inzwischen auf dem Hof angekommen waren.

Aus dem ersten Fahrzeug stieg ein Offizier, in der Hand eine kleine Peitsche, im Mund eine Zigarette, und hinter ihm erkannte Beniamino die vertraute Gestalt des Castellucci in der Uniform der Faschisten. Ein Schauder durchfuhr ihn, fast musste er lächeln bei dem Gedanken, wie aberwitzig und unvorhersehbar die Wege des Schicksals waren.

»Wer ist der Verantwortliche hier?« fragte der Offizier.

»Ich«, antwortete Beniamino in festem Ton.

»Und wer sind Sie?« fragte der andere scharf zurück.

»Doktor Rattazzi. Die städtische Irrenanstalt hat die hier evakuierten Patienten meiner Obhut anvertraut«, antwortete Beniamino, den Blick unverwandt auf Castelluccis Augen geheftet.

»Gut, Herr Doktor«, sagte der Deutsche. »Wir durchkämmen dieses Gebiet auf der Suche nach Banditen. Ich hoffe doch sehr, dass ihr hier niemanden versteckt.«

»Niemanden.«

Der Offizier schlug sich mit der Peitsche auf den Oberschenkel.

»Wir werden ja sehen«, sagte er und gab seinen Soldaten das Zeichen, näher zu kommen. Schon ging er auf die Tür zu, dann blieb er vor Beniamino stehen und blies ihm eine Rauchwolke ins Gesicht.

»In den Gutshöfen von Maiano, wo noch mehr von euren Patienten untergebracht sind«, sagte er, wobei er das Wort »Patient« verächtlich betonte, »haben wir auch ein paar Juden gefunden. Bedauerlicherweise mussten wir den einen oder anderen erschießen. Ich hoffe, dass ihr hier keinem Juden Unterschlupf gewährt.«

Der Blick des Deutschen fixierte ihn kalt.

»Keinem«, bekräftigte Beniamino knapp.

»Dann wird ja alles ganz einfach sein«, bemerkte der andere und schritt über die Schwelle.

Beniamino wollte ihm folgen, als Castellucci ihn mit einer Hand zurückhielt.

»Doktor Rattazzi, was für eine Freude, Sie kennenzulernen«, sagte er halblaut mit deutlich ironischem Unterton.

»Du hast mir schon ein Bein und den Studienabschluss kaputtgemacht, willst du jetzt auch mein Leben?« entgegnete Beniamino schroff, während er Castelluccis Hand wegschob und auf die Küche zuging.

Kaum war er eingetreten, verschlang ihn das Feuer der Angst. Er hatte spontan geantwortet und dem alten Kameraden sofort die ganze Last der Gefühle entgegengeschleudert, die seine Seele jahrelang bedrückt hatte. Er hatte diese Worte wie einen Schrei ausgestoßen, es war die berechtigte Forderung nach einer Entschädigung, nach etwas, womit sein Opfer vergolten werden konnte: mit Schweigen.

Darum horchte Beniamino in den wenigen Sekunden, die er brauchte, um den deutschen Offizier in der Küche einzuholen, auf dieses Schweigen, berührte es so behutsam wie möglich und versuchte, es mit seinen Wünschen zu nähren, denn er wusste, dass es die Voraussetzung war, auf der er aufbauen musste, um seine Leute zu retten, um sich als Mann und als Arzt zu bewähren. Er flehte zu diesem Schweigen, betete es an, schürte es wie die Glut im Kohlebecken, bis er in der Küche angelangt war und sich nach Castellucci umdrehte. Er sah ihn reglos an der Schwelle stehen und Beniaminos Blick mit einer Grimasse erwidern, die ihm zeigte, dass er dieses Schweigen nicht brechen und so endlich seine alte Schuld begleichen würde.

Der Offizier hatte seine Soldaten unterdessen mit wenigen, auf deutsch gebrüllten Befehlen durch das Haus gehetzt und sich dann am Küchentisch niedergelassen.

»Herr Doktor«, sagte er zu Beniamino, »spielen Sie doch bitte Ihre Rolle als höflicher Gastgeber, lassen Sie ein paar Gläser Ihres guten Weines servieren und setzen Sie sich zu mir, damit wir ein wenig plaudern können.«

Beniamino blieb einen Augenblick lang stocksteif stehen. Der spöttische Ton dieser Sätze verstärkte den Argwohn, den er bereits empfand. Die Vernunft empfahl ihm Höflichkeit, hielt es für angeraten, die Wünsche des Deutschen zu erfüllen, auf keinerlei Weise Unstimmigkeiten zu provozieren, doch schon erwachte in ihm auch eine alte Wut, der Wunsch nach Rache, den er allzu lange unterdrückt, irgendwo versteckt hatte, etwas, was aus den Worten bestand, die er seinem Vater niemals gesagt hatte, aus der Zeit, die er, ohne sie aufhalten zu können, hatte verstreichen lassen, aus jedem hinkenden Schritt, zu den der Castellucci ihn gezwungen hatte, aus nichtgehaltenen Versprechen, aus Aidas rissigen Händen und Elemiras Tränen.

Es war ein Klumpen, der ihm auf die Brust drückte und ihm den Atem nahm, der in seine Kehle aufstieg und wie ein schlecht verdautes Essen aus ihm herauszubrechen drohte, was eine Befreiung gewesen wäre, aber für alle der Anfang vom Ende hätte werden können.

Also drehte er sich zu Mara um und bat sie, Wein zu servieren. Dann ging er langsam, als näherte er sich einem wilden Tier, zum Tisch und setzte sich dem Offizier gegenüber.

»Sie sind sehr jung, Herr Doktor, und bekleiden schon einen sehr verantwortungsvollen Posten«, sagte der Deutsche.

»Das liegt am Krieg, Herr Hauptmann«, erwiderte Beniamino, »diese Notsituation hat dazu geführt, dass Leuten wie mir, die in normalen Zeiten noch Erfahrungen hätten sammeln müssen, bereits außergewöhnliche Aufgaben übertragen werden.«

»Richtig, und Erfahrungen im Kampf hätten Sie ohnehin nicht machen können. Ihre Invalidität hätte Ihnen das verwehrt«, sagte der andere und zielte mit der Peitsche auf Beniaminos Bein, das dieser neben dem Tisch ausgestreckt hatte.

»Ein dummer Unfall beim Fußballspiel: das Ungestüm eines Gegners, der einem den Ball abnehmen will und das Bein gleich mitnimmt, einem dafür aber ein wenig Ruhe schenkt.«

»Ich verstehe. Wie sagt man hierzulande: Nicht jedes Unglück richtet Schaden an.«

»Genau. Manchmal entpuppt sich das, was wie ein Unglück aussieht, im Lauf der Zeit als etwas Gutes, und wer ein Feind zu sein schien, offenbart sich als Freund«, erklärte Beniamino und hob das Glas in Richtung Castellucci, der hinter dem Offizier stehengeblieben war.

»Ein vernünftiger Gedanke, Herr Doktor, sehr vernünftig«, antwortete dieser und hob ebenfalls das Glas. Er nahm einen Schluck, und seine Miene wurde ernst, als dächte er nach.

»Allerdings dürfen wir diese Überlegung nicht zu leichtfertig anwenden«, sagte er und ließ den Satz eine gute Weile im Raum schweben.

Darauf musterte er das Glas, als läse er darin, und fuhr fort: »Wir müssen Gewissheit darüber haben, was das Böse und was das Gute ist, von welcher Art es jeweils ist und wie man es genau erkennt, sonst meinen wir am Ende noch, eines sei so gut wie das andere, eine Idee sei so gut wie die andere, ein Mensch sei so gut wie der andere. Glauben Sie nicht auch, Herr Doktor?«

Beniamino antwortete nicht.

»Als Arzt müssten Sie bestimmte Dinge wissen ...«

Diese Stimme des Deutschen war mit Ironie getränkt, eine schneidende Klinge, die Beniamino verletzte. Einen Augenblick lang sah er Doktor Rattazzis Gesicht vor sich, blutüberströmt, von diesen Worten zerschnitten.

»Als Arzt weiß ich nur, dass ich dank meiner Fehler lernen kann, Schritt für Schritt, indem ich von Mal zu Mal bestimme, was gut und was schlecht ist. Indem ich auf der Suche bin, werter Herr Hauptmann«, antwortete er.

Der Ton des Offiziers wurde schärfer.

»Worte, nutzlose Worte. Es gibt nichts zu suchen und zu finden außer dem, was die Natur uns schon in aller Deutlichkeit zeigt«, sagte er, wobei er die letzten Worte stark betonte. »Die Medizin hat die Aufgabe, der Natur zu helfen und ihren Hinweisen zu folgen, das Gute auszulesen und zu fördern und die Wurzel des Bösen auszureißen, den faulen Ast abzuschneiden, um dem Stamm zu neuer Blüte zu verhelfen«, erklärte der Deutsche mit fester Stimme.

»Einen faulen Ast muss man nicht immer abschneiden, Herr Hauptmann. Krankheiten lassen sich heilen.«

»Heilen ...« äffte der Deutsche ihn abschätzig nach. »Wir dürfen keine Zeit und keine Kräfte verlieren. Sinnlose Umwege müssen vermieden werden, mein lieber Doktor. Wir müssen handeln, bevor wir heilen, und wir müssen alles tun, um Irrtümer auszumerzen. Irrtümer ausmerzen«, wiederholte er barsch, »und dank der Wissenschaft sind wir fähig, das Beste auszuwählen.«

»Es gibt aber Krankheiten, und es gibt kranke Menschen«, entgegnete Beniamino heftig.

»Krankheiten sind lediglich Irrtümer, die ausgemerzt werden müssen.«

Beniamino spürte, dass er vor Zorn glühte. Er hätte schreien, aufstehen und fortgehen wollen, doch er fühlte seine Verantwortung für das Schicksal der Hausbewohner, und darum sagte er in ruhigem, fast demütigem Ton: »Ich meine, dass die Medizin imstande sein sollte, den Schmerz desjenigen zu lindern, der leidet ...«

In diesem Moment trat ein Soldat durch die Tür, die in die anderen Räume führte, wechselte ein paar Sätze mit dem Offizier und kehrte dann wieder dorthin zurück, wo er hergekommen war.

Der Hauptmann stand vom Tisch auf, bedeutete Beniamino, er solle sich ebenfalls erheben, und sagte dann mit einem Lächeln, auch zu Castellucci gewandt: »Die Schmerzen lindern, sagen Sie. Nun, dann gehen wir jetzt zu Ihren Patienten, und Sie werden uns zeigen, wie das möglich sein soll.«

Sie gingen zusammen hinaus auf den Hof. Kaum waren sie über die Türschwelle getreten, begann Beniaminos Herz wild zu schlagen: Vor den angelegten Gewehren einiger Soldaten standen die Verrückten aufgereiht an der Hauswand. Renatina weinte leise, fest umarmt von Marcella, während Malfatti sich wieder zwanghaft vor- und zurückbeugte. Professor Cavani war merkwürdig stumm, sein Blick hatte sich in der Ferne verloren, während Fosco und Giovanni alle Anzeichen einer heftigen Erregung zeigten, die sich im nächsten Moment wie ein Unwetter entladen konnte. Nur Mita und Renzo Bardi standen ruhig da, ein klarer Versuch, sich in die Erstarrung zu flüchten.

Das Ganze bot einen unerträglichen Anblick, es war ein grausames, quälendes Bild, das die ganze Hinfälligkeit dieser Existenzen bloßlegte und die Stunden der Ruhe, die der Pianoro ihnen in den vergangenen Wochen geschenkt hatte, zunichte machte.

Als er Beniamino ankommen sah, kannte Fosco kein Halten mehr, er lief ihm entgegen, worauf sich ein Soldat auf ihn stürzen wollte. Beniamino konnte ihn nur mühsam zurückhalten, indem er, seinen Albatros fest an sich drückend, erklärte: »Er ist wie ein Kind. Er gerät leicht in Verwirrung ...«

Der Offizier hatte sich unterdessen den Verrückten genähert und musterte einen nach dem anderen ausgiebig, als schritte er langsam eine Kompanie ab. Dann stellte er sich wieder mitten auf den Hof und sagte: »Wir haben erfahren, dass ihr einer Gruppe Banditen Unterschlupf gewährt habt. Ich will wissen, wer von euch Kontakt zu ihnen hält, wie viele es sind und wohin sie sich geflüchtet haben.«

Beniamino spürte, wie er den Boden unter den Füßen verlor. »Wir haben zu niemandem Kontakt, Herr Hauptmann. Die Partisanen sind nach den Kämpfen in der Schlucht hiergewesen. Sie sind eine halbe Stunde geblieben, um zu essen, dann sind sie weggegangen.«

Der Deutsche blickte ihn böse an.

»Dann geben Sie also zu, dass Sie den Banditen geholfen haben.«

»Sie sind plötzlich hier aufgetaucht, sie hatten Gewehre und haben uns befohlen, ihnen zu essen zu geben. Ich muss meine Patienten schützen, ich hatte keine andere Wahl.«

Der Offizier bedachte Beniamino mit einem Lächeln, das ihm das Blut in den Adern gefrieren ließ.

»Auch wir haben Gewehre, mein lieber Doktor, und trotzdem weigern Sie sich, uns zu helfen.«

Beniamino schwieg. Er spürte die Augen des Deutschen auf sich gerichtet und sah die Peitsche, die rhythmisch gegen das Bein schlug, eine Wartezeit abmessend, die ihm endlos erschien.

Dann hörte das Klopfen auf. Der Hauptmann ging zu den Irren, die noch immer vor der Mauer aufgereiht standen, und trat zu Professor Cavani.

»Sie behaupten, es sei Ihre Aufgabe, diese Leute zu beschützen«, sagte er und schlug dem alten Professor mit der Peitsche brutal ins Gesicht.

Cavani fiel zu Boden, auf seiner Wange klaffte ein blutender Riss. Giovanni schrie auf, Renzo Bardi versuchte zu fliehen und wurde von einem Soldaten festgehalten.

Der Offizier hieb noch einmal mit der Peitsche auf Cavanis Kopf, ein-, zwei-, dreimal.

»Ich will wissen, wer Kontakt zu ihnen hält, wie viele es sind und wohin sie sich geflüchtet haben«, wiederholte er.

Beniamino spürte die Angst wie ein Feuer in seinem Inneren auflodern. Er drückte Fosco an sich. In dem Körper des Jungen wütete eine Energie, die überzuquellen drohte wie Lava aus einem Vulkan. Darum drückte er ihn fester, versuchte, das Zittern anzuhalten, das Fosco schüttelte.

»Ich flehe Sie an, Herr Hauptmann«, schrie er. »Sie sind hier hereingestürmt, haben gegessen und sind gegangen.

Lassen Sie diese Menschen in Ruhe, es sind nur arme Irre«, sagte er mit Tränen in den Augen.

Der Deutsche wandte sich zu ihm um.

»Arme Irre ...« wiederholte er angewidert.

Dann betrachtete er Cavani, der, am Boden liegend, das Gesicht eine blutige Maske, leise wimmerte und unverständliche Worte nuschelte.

»Da sehen Sie, welches Leid der Irrsinn hervorruft«, sagte er und zeigte auf den alten Professor zu seinen Füßen.

Wie in einem bösen Traum sah Beniamino ihn langsam den Halfter an seiner Seite öffnen und einen Revolver herausziehen.

Beniamino schwanden fast die Sinne. Er drückte Fosco an sich und wünschte, er könnte ein Albatros sein wie der Junge und auffliegen, in die Höhe, weit fort, oder ein Tiger, mutig und kräftig genug, um sich auf den Offizier zu stürzen und ihn zu zerfleischen, ihm mit scharfen Zähnen den brennenden Schmerz zuzufügen, den die Angst den Verrückten bereitet. Oder ein Abgrund, um ihn sekundenschnell zu verschlingen, wie die Qualen, die das Leben der Kranken zerstören. Er wünschte, er könnte einfach die Augen schließen, sie so fest zukneifen, dass es schmerzte, und als Entschädigung für diesen Schmerz vom Anblick des Hauptmanns befreit werden, dessen Arm sich jetzt auf Cavanis Gesicht richtete, vom Anblick der Waffe am Ende dieses Arms, die mit einem trockenen Schuss explodierte, der das Leben des Professors auslöschte und die ganze Fröhlichkeit des Pianoro vernichtete, so dass es schien, als zöge dieser sich mit dem Echo des Schusses in sich selbst zusammen, verlöre seine Farben und verschwände.

Aber Beniaminos Augen blieben weit geöffnet, und er sah Cavanis Kopf mit dem Pistolenschuss explodieren.

»Wir müssen den Kranken das Leiden ersparen, um der Menschheit ihre Würde zurückzugeben, und das hier ist die wirkungsvollste Medizin«, sagte der Offizier und zeigte auf den Revolver. Beniamino aber hörte ihn nicht mehr, denn jetzt sah er, wie der Wunde in Cavanis Kopf viele hundert Verse von Homer entströmten, jene Worte, die der alte Mann so sehr geliebt und jahrelang in seinem Geist bewahrt hatte, mit denen er zu Bett gegangen war, gelacht und geweint, geschlafen und gegessen hatte, Verse, mit denen er die Welt gelesen und beschrieben hatte, um denen, die ihm zuhörten, Trauer und Schönheit zu schenken.

Da lächelte Beniamino. Unter Tränen, die ihm jetzt in die Augen stiegen, die er zuvor nicht hatte schließen können, gelang ihm ein Lächeln, wie ein Gruß an die Worte des Professors, die schon über den Hof flogen, über die Wiesen schwebten und zum Himmel aufstiegen, endlich befreit von den Mauern des Irrenhauses, vom Wahnsinn und vom Krieg.

So kam der Tod bis zum Haus im Pianoro.

Die Deutschen ließen die Leiche von Professor Cavani auf dem Hof liegen und fuhren ab, nachdem sie gedroht hatten, wenn einer von ihnen noch einmal wagen würde, den Partisanen zu helfen, würden sie wiederkommen, und dann würde Schlimmeres passieren.

Während er noch immer versuchte, Foscos Erregung zu bändigen, indem er ihn fest umschlungen hielt, sah Beniamino sie hinter der Kurve verschwinden. Das Echo des Schusses, der Cavanis Leben ausgelöscht hatte, dröhnte ihm im Kopf, und er hörte die hingeworfenen Worte des Offiziers, Grundsatz einer Medizin, die, so hatte Rattazzi es ihm seinerzeit erklärt, das eigentliche Wesen des Wahnsinns war. Er hörte den leiser werdenden Motorenlärm, sah im Geiste immer noch das Bild Castelluccis, der den Blick, vermutlich aus Scham und Reue, abgewandt hatte, als er an seinem alten Freund vorbeigegangen und neben dem Offizier in das Fahrzeug gestiegen war.

Sie waren abgefahren und hatten den Tod zurückgelassen, mitten zwischen den Hausbewohnern, die sich nicht rührten, an die Mauer gelehnt, neben Cavani kniend, jeder eingeschlossen in ein Verstummen, Weinen oder zwanghaftes Wimmern.

Auch dies war ein Moment, in dem die Zeit sich auszudehnen schien und die Dunkelheit fast zu langsam hereinbrach, so gemächlich, dass sie die Totenwache nicht störte, die alle ohne großes Aufheben für den vor dem Haus liegenden Leichnam hielten, jeder auf seine Weise, jeder mit einem Teil von sich, den er dem armen geschundenen Körper zu Füßen legte, ein Zittern, eine Träne, ein gemurmeltes Wort, ein Fluch, mit zusammengebissenen Zähnen verschluckt.

Diese gedehnte Zeit half ihnen, sie erlaubte ihnen, ohne Eile der Nacht entgegenzugehen, Alpträume und Ängste langsam verfliegen zu lassen, die nötige Kraft zu schöpfen, um andere zu versorgen und sich versorgen zu lassen, um sich und den Leichnam des alten Professors im Haus in Sicherheit zu bringen, wo sie sich wieder einmal alle um den Tisch der großen Küche versammelten, an dem sie sich für die sonderbare Familie halten konnten, die sie wirklich waren.

In diesem Aufschub schienen die Irren einen eigenartigen Frieden zu finden. Getröstet vielleicht von der Musik der homerischen Verse, die noch immer in der Luft schwebten, blieben sie still sitzen und warteten darauf, dass der Morgen dämmerte und das Licht der Sonne einen neuen Tag anbrechen ließ, an dem sie Schutz in Marcellas Armen und Beniaminos Freundlichkeit finden konnten, an dem sie den beißenden Rauch von Marzis Zigarren einatmen, Brunis finsterem Blick ausweichen und darauf warten konnten, dass Mara die von Elemira zubereiteten Speisen auf den Tisch bringen würde. Denn alles, was sie im Pianoro gefunden hatten, musste wieder zusammengebracht und gehütet werden, damit sie dank dieser Gewohnheiten wieder die Verrückten spielen, ihre eigene Stimme sprechen und singen hören konnten, damit sie dem Faden sinnloser Geschichten folgen konnten und das sein durften, was ihnen gerade einfiel.

Nur Fosco schien keinen Frieden zu finden. Nicht einmal die Umarmung seines Doktors hatte es vermocht, die Erregung zu bändigen, die ihn beherrschte, seit ein Gewehrlauf ihn gegen die Hauswand gestoßen hatte. Während die anderen um den Küchentisch saßen, um die Totenwache für Cavani zu halten und sich von der langsam verstreichenden Zeit einlullen zu lassen, sprang Fosco von seinem Stuhl auf, setzte sich wieder, lief hinaus auf den Hof und kehrte in die Küche zurück, verkroch sich ein paar Minuten lang in sich selbst, die Hände an den Kopf gelegt, um sich an den Haaren zu reißen und seinen Schädel zu drücken, als wollte er etwas herauspressen, was er doch nicht sagen konnte. Abgerissene Sätze kamen aus seinem Mund, angefressen von der Angst und einem Schmerz, der sie zu blockieren, zu schütteln und zu zerbrechen schien, der sie hinderte, sich zu einem fortlaufenden Gedanken aufzurollen, mit dem Fosco vollständig hätte ausdrücken können, was ihn quälte.

Beniamino ließ ihn keine Sekunde aus den Augen. Foscos Leiden opferte er seinen Wunsch, sich in Marcellas Armen zu erholen, sich selbst und sie durch die körperliche Nähe für das Leben zu stärken, das beide in diesem Moment als beschädigt und zerbrechlich empfanden. Statt dessen begnügte er sich mit einer hastigen Liebkosung, ein paar Sätzen und Blicken, da Foscos Toben nichts Gutes versprach und Beniaminos ganze Sorge in Anspruch nahm. Der Junge kämpfte offenbar wieder mit den Abgründen, die die im Pianoro geatmete freie Luft in weite Ferne gerückt zu haben schien. Wieder verzog sich sein Gesicht zu einer schmerzverzerrten Grimasse wie hinter den Mauern der Irrenanstalt, als würde etwas sein Inneres zerreißen, er schien niemanden zu sehen, so sehr beherrschten ihn die quälenden Gedanken, die er gleichzeitig floh und verfolgte.

Während die Bewohner des Pianoro für Cavani Totenwache hielten, verließ Fosco mitten in der Nacht endgültig das Haus und überquerte den Hof mit großen Schritten, so wie er in einer Zeit, die schon endlos weit zurückzuliegen schien, über den Hof des Irrenhauses gegangen war. Beniamino folgte ihm besorgt. Er suchte nach Möglichkeiten, sich einen Weg in Foscos Inneres zu bahnen, um ihn in die Wirklichkeit zurückzuholen, ihn vor seiner Verzweiflung zu retten. Stundenlang folgte er Fosco, stundenlang versuchte er, ihn zu sich zu rufen, auf Schritt und Tritt folgte er den ziellosen Wanderungen des Jungen, in der Hoffnung, er würde merken, dass jemand in seiner Nähe war. Er sang die Lieder, die Fosco mochte, und murmelte mit ihm die verstümmelten Sätze, die der Junge beim Gehen vor sich hin stammelte.

Schließlich setzte er sich erschöpft und entmutigt auf die Bank neben der Veranda, um über seine Unfähigkeit nachzudenken. Wieder einmal war sein Wunschtraum zerplatzt, ein Arzt zu sein. Mit dem Rücken an die Hauswand gelehnt, die Augen geschlossen, spürte er Foscos ganze Qual auf sich lasten, und das Geräusch des Kieses unter jedem einzelnen seiner Schritte, jedes gemurmelten Wortes, das an seine Ohren drang, war eine Ohrfeige, die ihn verletzte, ein Messer, das in einer Wunde wühlte, die er, wie ihm schien, niemals hatte schließen können. Auf dieser Bank an einem vermeintlichen Zufluchtsort sitzend, den der wirkliche Wahnsinn, begleitet vom Tod, trotz allem erreicht hatte, sehnte Beniamino sich nach Rattazzis

Stimme, seinem vertrauten Gesicht, den gewohnten Gesten, die er nun vermisste.

Er fühlte sich einsam, es war ihm bewusst, dass seine eigenen Ängste zum Greifen nah vor ihm waren.

Als er die Augen öffnete, erblickte er die Kletterpflanze, die an der Hauswand emporrankte, Glockenblumen, die wegen der Nacht noch geschlossen waren, aber bereit, sich zu öffnen, sobald das erste Sonnenlicht sie berührte. Er sah sie und lächelte, denn diese kleinen Blumen erschienen ihm wie Rattazzis Stimme, nach der er sich sehnte. Also streckte er eine Hand aus, um ein paar Blüten abzuzupfen und zu kauen und in diesem albernen Spiel das Gefühl der Liebe und Freundschaft wiederzufinden, das sie noch im Tod verband.

Als wäre diese Geste ein Ruf gewesen, tauchte Fosco schon bald an seiner Seite auf, und so wie er sich im Hof des Irrenhauses zwischen Beniamino und Rattazzi gesetzt hatte, um die Rosen zu kauen, den Gesprächen und dem Schweigen der beiden zuzuhören, zupfte er jetzt ein paar der Glockenblumen ab und begann sie zu kauen.

Seine Hände zitterten noch, und das Dunkel war nicht aus seinem Blick gewichen. Doch er hatte das Seil ergriffen, das über dem Ozean baumelte, und an ihm hievte er sich langsam in Sicherheit, neben Beniamino, auf die Bank.

»Es ist nicht wahr«, sagte er nach einer Weile stockend mit belegter Stimme, »dass Doktor Rattazzi dich gelehrt hat, mich zu beschützen.«

In seiner Erinnerung sah Beniamino sich über den Leichnam des Arztes gebeugt, dann am Fenster seines Zimmers stehen und den Mond betrachten, der über dem Hügel aufging, neben sich Fosco, der vor Angst zitterte.

»Er hat mich gelehrt, es zu versuchen, Fosco.«

»Versuchen, versuchen, versuchen«, wiederholte der Junge nuschelnd.

»Hör zu. Keiner weiß, wie man dem Dunkel entkommt. Aber wir können es versuchen. Wir können eine Kerze anzünden oder Blütenblätter kauen.« Beniamino hob ein paar Blütenblätter und hielt sie zwischen Daumen und Zeigefinger hoch, als erhöbe er ein Glas zum Trinkspruch.

Fosco lächelte. Er streckte eine Hand nach der Pflanze aus und riss noch eine Blüte ab.

»Dottore, warum sterben wir?« fragte er plötzlich.

»Das weiß ich nicht. Wir wissen nicht, warum wir sterben, Fosco. Und vielleicht wissen wir deshalb auch nicht, warum wir leben. Aber ich glaube nicht, dass wir Angst vor dem Tod haben müssen, mein Freund.« Kaum hatte er den Satz beendet, merkte er, dass er ihn vor allem zu sich selbst gesprochen hatte.

Er hob die Augen. Im Osten erschien das Licht der aufgehenden Sonne, und dieser Anblick machte ihm Mut, er fühlte sich fast erleichtert.

»Ich habe Angst«, sagte Fosco. »Vor dem Krieg«, fuhr er fort und spuckte das Wort aus, als müsste er sich davon befreien.

Er legte sich die Hände vor die Augen.

»Er ist dunkel«, sagte er.

»Fosco, die Menschen haben das Dunkel und das Licht in sich.«

»Ich weiß«, murmelte der Junge mit gesenkten Augen, »und wenn das Dunkel kommt, habe ich Angst.«

»Alle haben wir Angst davor, denn es kommt aus dem

tiefsten Grund der Menschen, von dort, wo wir unsere schlimmsten Gedanken verstecken.«

Fosco nickte wieder.

»Es gefällt mir nicht«, sagte er. »Der Deutsche hat den Professor getötet.«

Beniamino zog den Jungen an sich, nahm ihn in die Arme, und endlich spürte er, wie Foscos Aufregung ein wenig nachließ.

»Der Krieg hat seine Regeln, Fosco, genauso wie die Spiele, die wir hier im Pianoro spielen«, sagte er.

»Aber der Professor wollte nicht Krieg spielen.«

Beniamino fielen Gedanken ein, die Rattazzi ihm oft anvertraut hatte, und er fuhr fort: »Das stimmt, aber hier legen wir die Regeln fest, und das tun wir, damit wir vor dem Dunkel fliehen können, damit Malfatti aufhört, sich zu quälen, oder damit wir alle zusammen mit Giovannis Gott sprechen können. So lassen wir das frei, was uns bedrückt, wir schicken es auf den Hof wie die Hühner, damit es ein bisschen herumläuft und Luft bekommt. Der Krieg jedoch hat seine eigenen Gesetze, und sie sind schrecklich, denn sie dienen nur dazu, den Menschen Leid zuzufügen, sie einzusperren und zu töten. Weißt du, es gibt einen Ausdruck dafür, der den Sinn dieser Sache erklärt. Es heißt, dass man sich im Krieg verhalten soll wie im Krieg, man muss seine Spielregeln befolgen. Denn Krieg ist eben Krieg.«

»Krieg ist Krieg«, murmelte Fosco vor sich hin.

»Ich bin sicher, dass der Professor nicht mit dem Deutschen Krieg spielen wollte. Und wenn er es getan hätte, hätte er die Dichtung benutzt, er hätte sich in einen tapferen Achilles verwandelt«, sagte Beniamino.

Foscos Blick war starr auf einen unbestimmbaren Punkt gerichtet.

»Nein«, sagte er plötzlich laut, fast schreiend, »Krieg ist Krieg, das gefällt mir nicht.« Dann löste er sich aus Beniaminos Armen und rief: »Ich will nicht Krieg spielen.«

Beniamino betrachtete ihn. Ein grimmiger Ausdruck trat auf das Gesicht des Jungen. Ihm schien etwas eingefallen zu sein, was ihn peinigte.

»Die Jäger haben das Entchen getötet, weil sie essen mussten«, sagte er. »Und dann brachten sie ein Opfer für die Liebe.«

Seine Stimme wurde fester. »Um zu bezahlen«, sagte er, während er seinen verletzten Arm ausstreckte, um Beniamino die entstellende Narbe zu zeigen. »Man muss bezahlen. Für den Frieden. Die Liebe«, murmelte er vor sich hin.

Mit einem jähen Ruck drehte er sich zu Beniamino um und zeigte auf das Haus.

»Bezahlst du für Marcellas Liebe?«

Beniamino schwieg verblüfft, er wusste nicht, was er antworten sollte.

»Bezahlst du für Marcellas Liebe?« fragte Fosco erneut.

Beniaminos Herz krampfte sich zusammen. Er fühlte sich in die Ecke gedrängt. Das Bild der Muttergottes, die ihn mit ernstem Blick von der Wand der Kapelle beobachtete, schoss ihm durch den Kopf. Er spürte, wie seine alten Ängste sich in der Umarmung auflösten, mit der Marcella ihn in die Pflicht genommen, ihn vor die Entscheidung gestellt hatte, ob er Verantwortung übernehmen wollte für das, was ihre Liebe, verborgen in ihrem Fleisch, gezeugt hatte.

»Natürlich, Fosco, für die Liebe zahlt man.«

»Eine Umarmung«, sagte der Junge.

»Einen Kuss«, fügte Beniamino hinzu.

»Ich habe Angst vor Küssen.«

»Die Liebe bezahlt man auch mit der Angst, Fosco.«

Da zog der Junge Beniamino an sich, drückte ihn und küsste ihn heftig auf eine Wange. Dann zog er sich wieder zurück.

»Mit einem Kuss bezahlt man«, murmelte er, als spräche er zu sich selbst.

Dann verfiel er, den Blick auf den Boden gesenkt, in Schweigen.

Auch Beniamino bereitete das Sprechen noch Mühe, wegen der Gespenster der Dunkelheit, mit denen er diese nächtlichen Stunden verbracht hatte, und auch wegen der Rührung, die ihn jetzt überkam, ähnlich wie bei den Szenen auf dem Hof des Pianoro, wenn er den anderen eine neue Situation vorschlug, die sie darstellen sollten. Bei diesem Spiel musste man in die eigenen Tiefen hinabsteigen, um herauszuholen, was jeder in seinem Inneren verborgen hielt, und es dann freilassen: Giovannis Gott, die Schläge von Malfattis Vater, Mitas Kinder und Renatinas Mutter.

Fosco beugte sich wieder zu Beniamino hinüber.

»Ich spiele jetzt Krieg wie bei der Liebe«, sagte er mit gedämpfter Stimme, als vertraute er ihm ein Geheimnis an. Der Ärmel seiner Jacke war ein wenig hochgerutscht, und wieder sah man die Narbe der entsetzlichen Wunde, die vom Handgelenk bis zum Ellenbogen reichte.

Beniamino streichelte das Zeichen des Opfers, mit dem Fosco einst versucht hatte, für die Liebe zu bezahlen. Er lächelte.

»Wie bei der Liebe, wie bei der Liebe«, wiederholte der Junge unterdessen, und diese Wiederholung nahm den Rhythmus einer Litanei an, die sich die Zeit unterwarf, die Worte zusammenpresste und zu einem einzigen Wort verband.

»Wiebeiderliebe«, schrie Fosco.

In diesem Moment erschien ein Vogelschwarm am Himmel wie damals in dem engen Stück Himmel über der Irrenanstalt, und wie immer riss er Foscos Leben mit sich.

Mit weit ausgebreiteten Armen, den Kopf in den Nakken gelegt, begann der Junge seinen frenetischen Tanz aus Kreisen und Sprüngen, und der Tanz war durchsetzt mit dem Wort, das er soeben gebildet, mit dem er die Angst bekämpft hatte, endlich verrückt und weise geworden war, außer sich vor Freude über die Liebe, die die Regeln des Krieges veränderte und ihn verjagte, die den explodierten Kopf von Professor Cavani auslöschte, den Himmel mit fliegenden Vogelschwärmen füllte und sogar die Mauern niederriss, die der Krieg um den Pianoro hatte bauen wollen.

Der Alte stand da, auf das Fensterbrett gestützt. Der Vogelschwarm war plötzlich verschwunden, nun strahlte die Sonne wieder über dem Platz, aus dem sich der Marktlärm erhob.

Mit den Jahren hatte sich um die Piazza herum alles verändert. Die Menschen, die er geliebt hatte, waren nicht mehr da. Der Lauf der Zeit hatte viele von ihnen aus dem Leben gerissen, die Erinnerungen waren ausgefranst, verblasst, und die Geschichten derjenigen, die seine Lebenszeit geteilt hatten, waren den Dingen gewichen: Die Straßen der Stadt hatten sich mit Autos, Leuchtreklamen, Restaurants und Läden gefüllt. Die Menschen erschienen und verschwanden in einem steten Kommen und Gehen, dem er nicht mehr folgen konnte. Das Irrenhaus hatte man endlich geschlossen, und der Pianoro war ein Bauernhof geworden, wo man Ferien machen konnte. Die Ironie des Schicksals wollte es, dass unter den Feriengästen vor allem Deutsche waren, friedliche, freundliche Menschen, Naturfreunde, die die Harmonie dieser Landschaft liebten und nicht die geringste Ahnung von dem hatten, was zwischen diesen schönen Hügeln geschehen war.

An Cavanis Tod erinnerte sich niemand mehr. Marzi hatte ihn und Marcella, solange er lebte, jedes Jahr auf den Pianoro begleitet, und gemeinsam waren sie die letzten Meter des Kieswegs bis zum Hof gegangen, um dann eine Weile schweigend an der Stelle stehenzubleiben, wo der deutsche Offizier den Professor erschossen hatte. Dann hatte der Tod das alte Faktotum geholt und später auch Marcella, während ihr Sohn in die Welt hinausgegangen war, um sein Glück zu suchen. Auf ihm selbst lasteten die Jahre als ein allzu schweres Gewicht, das er auf seinen unsicheren Beinen nicht mehr allein bis zur Schlucht und darüber hinaus hätte tragen können.

Also wahrte er Cavanis Andenken, indem er zu Hause blieb und Homer las oder an die Geschichte vom Pianoro zurückdachte, an das Irrenhaus und an seine Verrückten, eingeschlossen wie sie zwischen den Wänden eines Zimmers, das er fast nie mehr verließ. Er begnügte sich damit, die Tage vor dem Fenster verstreichen zu sehen, auf der Piazza, die sich mit immer mehr Dingen und wachsender Konfusion füllte, mit lauten Geräuschen und fortwährender Bewegung wie ein buntes, rasendes Karussell. Alles wurde auf eine Zukunft zugetrieben, die vergessen hatte, was auf diesen Straßen passiert, was einst dort vorübergefahren war, die Bahngleise überquert hatte und bis hinunter zum Pianoro gelangt war.

Wieder einmal hatte die Zeit ihren Lauf verlangsamt. In seinem Zimmer verstrich sie träge. Wie das Wasser eines Flusses an der Mündung, kurz bevor es sich ins Meer ergießt und stirbt, dachte er und lächelte vor sich hin. Er bewegte sich, indem er reglos dasaß, beschwert von den Erinnerungen, die er nicht verscheuchen konnte, noch immer an Marcella geklammert, an Foscos zum Himmel gerichteten Blick, an die liebevolle Hingabe, mit der der Junge, einem fliegenden Schwarm hinterherrennend, darin verschwunden war wie ein einzelner Vogel.

Noch immer sah er ihn auf den Wald zulaufen, auf die Hügel von Prati, während er sein »Wiebeiderliebe« schrie, als wäre es ein Jubel- und Schmerzensschrei gleichzeitig, der verrückte Plan eines Verrückten, der versuchte, mit einem einzigen verstümmelten Wort seine Freiheit zu erhaschen.

Hunderte von Malen hatte er daran gedacht. Hunderte von Malen hatte er Castellucci und das Hinkebein verflucht, weil es ihm verwehrte, Fosco länger zu folgen als jene wenigen Minuten, die er hinter ihm hatte herlaufen können, bis der Junge zwischen den Bäumen verschwand.

Er hatte noch stundenlang nach ihm gesucht, immer wieder Foscos Namen gerufen, ebenfalls »Wiebeiderliebe« in den Himmel geschrien, als hoffte er, ihn auf diese Weise zu sich zurückzuholen und könnte so den Gedanken verscheuchen, dass er ihn verloren hatte, dass er das sich selbst und dem Andenken Rattazzis gegebene Versprechen gebrochen hatte, den Jungen zu beschützen und zu heilen wie ein guter Arzt.

Und als ein paar Tage später zusammen mit den Nachrichten vom entscheidenden Durchbruch der Front auch die Partisanen zum Pianoro zurückgekehrt waren und jemand von ihnen den Namen eines Wiebeiderliebe erwähnte, der an der Bahnlinie gekämpft hatte, da war ihm ein Stich durchs Herz gefahren bei der Vorstellung, sein empfindlicher Albatros werde inmitten von Falken, zwischen Gewehren und Explosionen gefangengenommen. Er hatte sich nur beruhigen können, indem er sich ausmalte, dass Fosco, flink wie ein Vogel, zwischen den Schüssen hindurchsausen, hoch über der Furie des Krieges fliegen und auf irgendeine Weise Liebe bringen würde, wie er es Beniamino versprochen hatte, bevor er entwischt war.

Dann war zwei Tage später Marzi mit dem Lastwagen

angekommen, um zu berichten, dass die Stadt von den Amerikanern eingenommen worden sei, und alle waren auf die Pritsche geklettert und hatten die Straße, auf der sie vor einigen Wochen zwischen den Wiesen des Pianoro Zuflucht vor dem Tod gesucht hatten, nun in umgekehrter Richtung befahren.

Dieses eine Mal waren nicht sie die Verrückten, wie es schien. Umgeben von Freudenschreien, die aus den Straßen schallten, waren Renatina, Giovanni, Mita und die anderen still sitzen geblieben und hatten die Fröhlichkeit, mit der die vielen Menschen herumtanzten, sich gegenseitig umarmten, lachten und jubelten, fast eingeschüchtert betrachtet.

Dann waren sie auf die Piazza gegangen und hatten sich unter das Fest gemischt, einander an den Händen haltend wie Schulkinder. In der Menge hatten auch Marcella und er sich ein paar Stunden lang den Leichtsinn der Hoffnung gegönnt, hatten sich in der Illusion gewiegt, dass es keine Vergangenheit mehr gab und alles nur vor ihnen lag, offen für die kommenden Tage voll neuen Lebens, das es aufzubauen galt und das in dem Kind schlummerte, das Marcella in sich trug.

Zusammen mit den anderen hatten sie sich dem Strom der Menge überlassen, wie ein Stück Holz sich von einem reißenden Fluss treiben lässt. Sie waren glücklich und endlich unbeschwert, riefen einander zu wie im Spiel, blieben durch Schreie und Blicke zwischen Renatina und Marzi, durch Giovannis Lachen und Malfattis glückliches Gebrüll miteinander in Kontakt, wurden manchmal vom hin und her wogenden Gedränge versteckt und fanden sich immer wieder.

In einem dieser Momente hatte er Fosco gesehen. Der Junge saß allein auf der Treppe zur Irrenanstalt und beobachtete das festliche Treiben ringsum, ein Gewehr über dem Rücken und ein rotes Taschentuch um den Hals. Da war die Zeit festgefroren wie in Träumen, und wie in Träumen hatte Fosco sich umgewandt, und ihre Blicke waren sich begegnet.

Er hatte ihm zugelächelt.

Beniamino wollte ihn rufen, doch die Rührung erstickte ihm die Stimme in der Kehle. Ihm war gerade genug Zeit geblieben, um das glückliche Gesicht des Jungen zu sehen, während er die Arme ausbreitete, als wollte er Beniamino den fröhlichen Trubel um sie herum zeigen, etwas, wozu er selbst beigetragen hatte, im Krieg wie in der Liebe.

Dann hatte der freie Raum sich wieder geschlossen, und als Beniamino sich endlich einen Weg durch die Menge gebahnt hatte, war die Treppe der Irrenanstalt leer gewesen. Besorgt hatte er sich umgesehen und versucht, Marcella zu beruhigen, die nicht verstand. Er hatte sich auf die Zehenspitzen gestellt, nach rechts und links gespäht, sogar versucht, mit Schreien den fröhlichen Lärm zu übertönen, in dem jedes einzelne Rufen ertrank, bis ihm nach einem letzten Ruf der Gedanke gekommen war, er habe wirklich geträumt, dass der Albatros ihm noch einen letzten Gruß schenken wollte, um ihm zu zeigen, was er erreichen konnte, wenn er nur frei am Himmel fliegen durfte. Also hatte Beniamino Marcella in die Arme genommen und versucht, ein Gefühl festzuhalten, das ihm nicht entwischen durfte, das Gefühl, endlich ein Arzt zu sein, den Mund voller Rosenblätter und die Augen weit geöffnet, um dem Flug eines Vogels zuzusehen, den er nie wieder einsperren würde.

Und jetzt bat ihn eine junge Journalistin, dies alles zu erzählen, die gewesene Zeit zurückzugeben, sie wenigen zerstreuten Zeilen für eine Tageszeitung zu überlassen, vielleicht auch einem Tonband für einen Radiosender, er hatte es nicht einmal genau verstanden.

Die Frau hatte von den Verrückten im Pianoro und vom Partisanen Wiebeiderliebe gehört.

Sie wollte das Bild des Wahnsinns und des Krieges verbinden.

Eine Gruppe wehrloser Menschen, der Brutalität ausgeliefert.

Sie wollte alles wissen.

Von den Partisanen und den Deutschen.

Von der Macht der Geschichte und der Verzweiflung der Krankheit.

Vom Irrenhaus und dem Kampf um die Befreiung.

»Erzählen Sie es uns.«

Der Alte sah aus dem Fenster. Er betrachtete das wirre Treiben auf dem Marktplatz, das Wirbeln einer immer ferneren Welt, während über der Piazza der Vogelschwarm wieder seine irren Bahnen an den Himmel zeichnete. Er folgte ihnen, verlor sich eine Weile in diesem Anblick und spürte, wie in seiner Brust heftig Wut und Liebe gleichzeitig aufstiegen.

Dann drehte er sich zu der Journalistin um.

»Schreiben Sie nur eins«, sagte Beniamino: »Die Befreiung war der reine Wahnsinn.«

Danksagung

Viele der Anregungen und Materialien, die es mir möglich gemacht haben, diese Geschichte zu schreiben, verdanke ich Alessandro Garzella und Fabrizio Cassanelli von der Città del Teatro in Cascina, die seit Jahren intensiv mit den Patienten des Centro Diurno San Frediano in Settimo arbeiten. Besonders dankbar bin ich Alessandro, der mich mit kritischem Zuspruch unterstützt hat und so freundlich war, einige Aspekte seiner beruflichen und persönlichen Erfahrungen mit mir zu teilen.

Ein besonderer Dank geht an Renzia D'Incà für ihre treffenden Beobachtungen und das, was sie in ihrem Buch *Il gioco del sintomo* (Pacini Fazzi, 2002) schrieb. Und für das Geschenk, das sie mir erwies, indem sie mir erlaubte, ihr das Bild der Blumen essenden Irren zu »stehlen«.

Dank schulde ich außerdem Professor Gioachino Chiarini von der Universität Siena und seinem Buch *I cieli del mito* (Diabasis, 2005), in dem man viel von Professor Cavani und den Labyrinthen, in denen sein Geist sich verirrt hat, wiederfinden kann (einschließlich der zitierten Verse von Homer).

Zuletzt möchte ich Gabriele Baldassari danken, dessen Hinweise für mich sehr wertvoll waren.

U.R.

Ugo Riccarelli
Der vollkommene Schmerz
Aus dem Italienischen von Karin Krieger
Roman
416 Seiten. Zsolnay 2006

Der Maestro ist Ende des 19. Jahrhunderts aus dem tiefen Süden Italiens in die Toskana gekommen, hat sich in eine schöne Witwe verliebt und hinterlässt mehrere Kinder, als er bei einer Demonstration erschossen wird. Eines davon, Cafiero, wird Annina heiraten, die resolute Tochter des Schweinezüchters Odysseus Bertorelli, und so vermischen sich die Schicksale von Idealisten und Pragmatikern, Gewinnern und Verlierern. Ein berührendes Epos von kleinen Leuten, die in große Ereignisse verwickelt werden.

»Riccarelli verlässt sich allein auf die zauberhaften Möglichkeiten des Erzählens selbst. Das hat schon lange kein Romanautor mehr so virtuos gewagt und mit solcher Intensität der Einfühlung, dazu in einem so hinreißenden Stil realisiert, dass dem Leser ganz so ist, als lausche er Liedern, die ihn fern an etwas erinnern, was auch in seiner eigenen Seele schwingt.« Volker Breidecker, *Süddeutsche Zeitung*

»Ein grandioses italienisches Geschichtspanorama. (...) Mit romantischer Gelassenheit spricht Riccarelli von den wichtigen Dingen dieses Lebens: der Liebe und dem Tod.« Steffen Richter, *Die Welt*

»Lustvoll schüttet Riccarelli auf dieser weiten Fläche die Wundertüten seiner unerschöpflichen Faburlierkunt aus.«
Winfried Wehle, *Frankfurter Allgemeine Zeitung*

Ugo Riccarelli
Fausto Coppis Engel
Aus dem Italienischen von Sylvia Höfer
Roman
208 Seiten. Zsolnay 2004

Glanz und Elend, Triumph und Niederlage: Ugo Riccarelli erzählt heroische und ergreifende Geschichten von den großen Legenden des Sports. Seine Erzählungen verschränken reale Mythen mit fiktiven Elementen. Der Sport als Metapher für das Karussell des Lebens – Tragödie und Komödie, Sieg und Niederlage, Träume und Enttäuschungen lassen sich exemplarisch an diesen ergreifenden Geschichten ablesen.

»Der, der diese Erzählungen nicht liest, weiß nicht, was der gewinnt, der sie gelesen hat. Ein italienischer Kritiker nannte sie ›kleine, elegante Meisterwerke‹, in denen wir von unscheinbaren Menschen erfahren, was Würde ist und warum Verlierer unsterblicher sein können als umjubelte Stars und Sieger.« Carl Wilhelm Macke, *Lesart*

»Ugo Riccarellis Erzählungen bilden den Höhepunkt diese Fußballsaison. Sie handeln nicht nur vom Fußball, aber jedes Mal gehen Realität und Vision auf unnachahmliche Weise ineinander über. Der Flugzeugabsturz 1949 an der Superga in Turin etwa, bei dem sämtliche Spieler von ›Il Grande Torino‹ umkamen, gerät ihm zu einer ausgreifenden Parabel im Stile Borges.« Helmut Böttiger, *Die Zeit*

»Sport und Schicksal, so lehrt dieses wunderschöne Buch, sind häufig nur Benennungen für dieselbe Tragödie.«
Dirk Schümer, *Frankfurter Allgemeine Zeitung*